流嘉
著

I WANNA GROW OLD
WITH YOU

请把乌云赶下大海

上

U0913003

江苏凤凰文艺出版社
JIANGSU PHOENIX LITERATURE AND ART PUBLISHING, LTD

图书在版编目（C I P）数据

请把乌云赶下大海 ：全2册 / 流嘉著. -- 南京 ：江苏凤凰文艺出版社，2018.6
ISBN 978-7-5594-1859-3

Ⅰ. ①请… Ⅱ. ①流… Ⅲ. ①言情小说－中国－当代 Ⅳ. ①I247.5

中国版本图书馆CIP数据核字(2018)第071178号

书　　名　请把乌云赶下大海
作　　者　流　嘉
出版统筹　黄小初　沈洛颖
选题策划　北京记忆坊文化
责任编辑　姚　丽
特约策划　紫　木
特约编辑　虾　球　单诗杰
责任监制　刘　巍　江伟明
封面绘图　三　乖
封面设计　80零·小贾
版式设计　段文婷
出版发行　江苏凤凰文艺出版社
出版社地址　南京市中央路165号，邮编：210009
出版社网址　http://www.jswenyi.com
印　　刷　环球东方(北京)印务有限公司
开　　本　880毫米×1230毫米　1/32
字　　数　326千字
印　　张　14
版　　次　2018年6月第1版，2018年6月第1次印刷
标准书号　ISBN 978-7-5594-1859-3
定　　价　56.00元（全二册）

影视版权抢订热线　010-57194853

（ 1 ）

北京时间5月17日0点10分。

津洲市通往省外的高速收费站，几辆警车停在路旁，警察们手持便携式检测仪，对有超载嫌疑的车辆进行检查。

排在后面的一辆中型红色货车里，司机和另一名跟车的中年男人紧张得手心冒汗，本以为前些日子的例行大检查已经结束，他们才敢在这个时间出来，没想到运气这么不好，撞枪口上了。

眼看着手持对讲机和检测仪的警察越走越近，司机的太阳穴突突直跳，这可怎么办，要是被发现了，杜老板那边不好交代，牢饭也是要吃定了。

借用旁边路政大队的办公室，刑警老冯和几个队员紧盯着高速路收费口传来的实时监控图像，他们的警员装扮成高速交警，正在盘查所有可疑车辆，老冯两条眉毛紧拧，眼睛里布满了血丝，几天几夜的盯守，目标终于在今晚出动。

他抓起对讲机："按照原定计划，放行。"

那边低低地回了句："收到。"

老冯再看屏幕，那辆货车里的司机看见交警挥手示意通行，僵硬的身体顿时放松，忙不迭地一溜烟驶过高速站。

"换人跟上，注意隐蔽。"老冯放下对讲机，想伸手摸烟，又打消了这个念头，虽然是瓮中捉鳖，但任何时候都不能掉以轻心。

凌晨两点多郊外的荒远小路上，远远地开过来一辆熄了车灯的货车，像在夜里匍匐的动物。不久，另一个方向也开来一辆黑色的货车，两辆车并排停下，司机和跟车的人跳下来，打开货箱门，在并不清晰的月光下，一架架进口发动机藏在车厢里，闪烁着微弱的光。他们低声交谈后，两边人马开始卸货装货。

小路旁的树丛边，停着一辆黑色桑塔纳，看不清里面的人，只能看到一明一暗的香烟头。

货车上的人起疑，用手电试探性地往前方晃了晃。桑塔纳上的人，依旧按兵不动。

持手电的人有些发慌，转身往货车奔去。刚跑两步，四周灯光大亮，警笛四起，霎时间茫茫黑夜被照得刷白。

周围不知什么时候埋伏下的警察，正荷枪实弹地对准他们。

颜艺的清晨，是从一个接一个的电话开始的。

第一个电话打进来时，她还没睡醒，技术部的总监汇报，电业局临时通知，明天下午辖区内要断电施工，正赶上公司的数据库要进行系统升级，必须安排可靠的技术人员现场把守。

刚放下电话，她满嘴泡沫匆匆洗漱，还不等把爽肤水拍到脸上，颜朗的国际长途也到了。

颜朗先是例行公事般问她，这两天吃了什么做了什么，然后就是“不经意”地告诉她，她最亲爱的、满世界出差抓牛羊的亲哥就要回来了，劳驾她这个最贴心的妹妹不要怕辛苦，开车去机场接他一趟。

颜艺在卫生间里四处找扎头发的皮筋，开着免提，听颜朗在电话那头自顾自地念叨，这趟又给她搜罗了什么稀奇奢华的玩意儿，他对自己唯一的妹妹有多么挂念。聪明的她早已经听出端倪，毫不留情地揭穿他：“哥哥，停住你的烟幕弹，你想念的不是我，是你新结交的大胸锥子脸女友吧？”她装作思索的样子暂停一会儿，“哦，对了，应该叫炮友。”

颜朗依旧好脾气：“不是那些，今天有个朋友酒吧开业，我得抓紧时间去捧个场。”

“服了你，你对酒池肉林永不厌倦。”

颜朗也不反驳：“可惜你又不是兄弟，不能带你一起去，你不知道多有意思。”

颜艺不置可否地一笑，说道：“我十点钟还要和老费开会，不跟你说了，航班信息发过来，我看情况安排。”

说完，颜朗挂了电话，剩下颜艺一个人对着镜子，端详着这张看了二十九年的脸，算不得漂亮，也说得过去，颜艺拿起洗漱台上的彩妆，想给自己画个眼影涂个睫毛，时间紧迫，又觉得多此一举，于是匆匆收拾一番，出门而去。

普通得不能再普通的工作日，路上依旧堵得令人心塞。颜艺开着车，一贯能沉住气的她也不免有些浮躁。

颜艺按捺住性子，让过一辆蹭着她的车呼啸而过的电动车。老费的电话又打了进来，问她有没有时间去广州参加业内的一个论坛，举办方盛情邀请，指定她做一个发言。颜艺看着不见挪动的车流，哦哦地敷衍着。

前方的红绿灯终于变化了，颜艺赶紧挂挡跟着往前走。也许是天气太热，也许是老费的絮叨让她分神，一辆白色比亚迪试图从她车头前方并进去，颜艺没有让开的意思，她不是不想，而是前后左右都被包围得死死的，她也动不得身。

比亚迪发现红色福克斯没有理会，想停下来也晚了，车子打横里一撞，颜艺感觉车身一抖，坏了，伴随着刺耳的铁皮与铁皮的摩擦声，右边的反光镜像是骨折了般向前折了过去。

白色的比亚迪终于如愿以偿，成功并进了颜艺这条车道。

可怜兮兮的反光镜，里面的线都暴露出来了，镜面碎成了蛛网，比亚迪斜着插在颜艺的车头前，巨大笨拙的身躯在炎热的街道上窝着，看着很令人恼火。

她第一时间掏出手机，拍下了对方的车牌号，再拍下自己反光镜的惨相。比亚迪倒是老老实实地待在原地，前方继续堵车，想走也走不了。颜艺压住火气，停好车，上前重重地拍了比亚迪的车门，车窗缓缓落下，一张胖脸傻乎乎地探了出来。

“你怎么开车的，我车镜子都让你撞下来了！”

“对……对不住……啊，我手潮，天热手心都是汗，手滑了就……”

颜艺不想跟他多废话，伸手往前一指：“一会儿绿灯了你把车开到前面的路口等我，先让开这儿，否则堵死后面谁都没好果子吃。”

胖子听话地跟着蜗牛般挪动的车流，挪到了前方十字路口处的机非混行道上。颜艺跟他差了一个灯，还在这边等。她不怕他跑，这么挤的路，插翅难飞。

颜艺的脑子里飞快地算计着接下来即将改变行程：剐蹭倒是不要紧，要紧的是反光镜，修不好没法开，要去事故快速处理中心报案。她看了一下高德地图，附近就有修车厂，估计车要放那儿几天，先给技术总监打电话安排好几个得力的骨干，尤其是有应对停电经验的工程师，让他看着调用即可，公司的例会一时半会儿是开不成了，她给助理小项打电话，挪到下午再说。

红灯漫长得仿佛在炙热的天气里凝固了，前方的道路蒸腾起雾气。颜艺不喜欢这样的突发事件，将她悉心安排好的一切都打乱了。

意外就像路上的一块香蕉皮，无意中踩上去滑到了，如果摔得不是太疼，那就暂时在地上躺一会儿，权当小憩了。颜艺跟着胖子，找车险理赔员，填协议书，胖子全责，颜艺也不好再责备他。

把车开到了修理厂，负责定损的小平头看了看她的车漆，“这儿得喷两块，”又看看反光镜，镜子的外壳似乎毫发无损。小平头摸摸有些脏了的表面，不太确定，扭过头对着后面喊了一声。

“这儿有辆新福克斯的右反光镜掉了，谁有时间来一下，看看壳子要不要换？”

颜艺找了个角落坐下来，身边的胖子递给她一瓶冰凉的可乐，这时一个戴黑色鸭舌帽穿蓝色工装的年轻男人走了出来，帽檐压得很低，胡子拉碴的，看不清面容，他脱下油渍麻花的劳动手套，伸出清瘦修长的手指，拨拉两下："线没事，换个镜子，壳子稍微喷喷就行。"

车厂里噪音很大，颜艺听得这个男人的声音隐约有些耳熟，她抬头想仔细看看这个男人的模样时，他已经三步两步转回到了后面的车间。

颜艺无奈地笑了笑，又是幻觉，最近又忙又累，她的精神太紧绷了，童岸怎么可能会出现在这个脏兮兮的修车厂呢，他的志向可是要做世界一流的汽车设计师！再说，七年没有他的音讯，他是生是死都不清楚，贸然出现在青天白日下，才是见了鬼了。

冰凉的寒意顺着汽水落进胃里，她打了个寒战，瞬间清醒过来，她抬腕看看表，时间不早了，颜艺和比亚迪胖子走出修车厂，对方提出可以送她去上班地点，颜艺勾起嘴角一笑，很快又收回："不用了，你也耽误一上午了，以后开车慢点。"

她伸手拦了一辆出租车，直奔公司而去。

在童岸工作的那个角落，有一扇斑驳的窗户，为了防止外面的人向里面张望，有人拿白色的油漆寥寥刷了几下，留下漫不经心的缝隙。童岸站在这扇窗户的背后，看着那个单薄的身影离开。

他以为出租车扬长而去留下的烟尘，能让他恢复到一贯的淡然自若，可是刚才看见颜艺后，他的整个心脏都抽搐起来，像是被人攥住了一般。

童岸低声咒骂了自己一句，想拿起砂纸打磨一个刮花了的车门，越干心越不宁，干脆扔到一边。

想了想，还是去看看她的那辆车吧。

光阴缓慢地打磨出了一个完全陌生的颜艺。童岸记得她害怕一切有危险的事物，夏天头顶旋转的吊扇，她怕它掉下来砸得自己血肉横飞；冬天结了冰的台阶，她总要小心翼翼地再三试探才敢踩上去，怕摔断腿。当年的童岸喜欢嘲笑她，嘲笑她抬头看向天花板时瞪圆了的眼睛，还有穿着臃肿的羽绒服摇摇摆摆得像只企鹅，却认真地拉着他的胳膊一步一步走过冰层的呆萌样子。

许多年后，童岸才明白，那时所谓的嘲笑，不过是一个少年为自己的情意打的掩护。如今她也敢开车上路了，真是出乎他的意料。

反光镜三两下就修好了，至于刮花的地方，也都是小问题。不知出于什么心理，童岸打开车门，坐了进去。

简洁到近乎没有的装饰，童岸看过太多女孩子的车，恨不能把车厢打扮成移动公主卧室，满天满地的粉色，看了直发晕。颜艺的车里什么都没有，很干净，干净到让童岸怀疑方向盘上都没有她的指纹。

他打开她的储物格，里面有颜艺的一个文件袋，里面有换下来的年检标，还有办驾照时多余出来的几张证件照。童岸小心地用指尖拈出来，上面的女子微端着一张素净的面孔，矜持地微笑。

他的手指轻轻地抚摸过这张既陌生又熟悉的脸，指端依旧留着曾经感受到的肌肤的滑腻。

看看四周无人，他迅速将证件照藏进贴身的衬衫口袋里。正要推门出去，余光一瞥，后座上一个明黄色的东西让他心头一惊。

那是一个儿童安全座椅，半新不旧的，上面还依稀残留着饼干末。

他的胸腔仿佛瞬间被抽成了真空，闷闷地喘不上气来，他第一次觉得这里的空气污浊不堪。他不得不正视这样一个现实，七年，他消失得太久了，等他再回来，颜艺早已为人妻、为人母。

他们有过的曾经，在强大的岁月面前，算不得什么。

数秒后童岸不再觉得那抹黄色刺得眼疼，裤袋里的手机无声地振动一下，有一条来自老冯的消息——“夜里偷吃的老鼠已经捉到，谢谢你的帮助。”

童岸警觉地看看四周，阴沉沉的车间里没有什么人，这个角落更是安静得连一点脚步声都会放大，第二条信息跟了进来：“我要见你一面，有重要事情，何时方便？”

童岸屏住呼吸，他的肌肉都在微微颤抖：“我父亲忌日，坟前。”

发送成功后，他迅速删掉了这三条短信，包括后台存留下来的痕迹。在老冯的手机里，他不是童岸，他是一名警方线人。

颜艺如常回到公司，查看机房设施、发电机和数据库，阅读助理交上来的发言草稿，歇口气，要签的文件小项已经按重要性排列好，放在她的办公桌上。颜艺依次打开工作台上的三台电脑，在等待电脑全部启动的十几秒里，快速地浏览需要她签署批阅的文件。

老费站在门口，轻轻敲了下门，问道：“忙吗，有点儿事要和你商量。”

颜艺摘下黑框眼镜揉揉眼睛，指指沙发：“坐吧，我让小项给你倒杯咖啡。”

“不用了，我等你哥带回来的高级货，”他歪斜地靠在她的办公桌边，清清嗓子，似乎有些为难，“Season那边把合作的初步框架发过来了，但是有一点，”他偷觑着颜艺的神色，小心翼翼地说，“他们要你去心理医生那边做一次评估，要确定你的精神状态良好，不会耽误项目进程，他们才会签合同。”

这倒是出乎她的意料，颜艺微微一怔，双手交叠撑在下颌，歪着头不怒反笑，一双黑亮的眸子闪着光：“你告诉Season，生意没有这么做的，他找我们泰格合作，看上的无非是我颜艺的技术，现在是他们求我，不是我求他们，还跟我要心理评估，我就是个变态他们也得认了！”

“别生气，咱不跟他们一般见识，什么心理评估，玩儿去吧，”老费擦擦额头上的汗，“可是你也得替老哥哥我操操心，Season是行业领军人物，他们的单子可不是随便哪个网络技术公司就能拿到的，要知道这个合作搞下来，咱们今年的利润就能翻倍。”

老费见她不以为然地摇头轻笑，觉得还是利诱比较好：“再说了，你那辆小破车早就该换了，像你这个级别的大神，太委屈自己了，这样，这个项目搞完了，我给你来辆新款的保时捷卡宴，好吧？”

颜艺不为所动：“我就喜欢开福特，皮实抗造。”

老费的胖脸上一副孺子不可教的表情：“小颜啊，人要有追求啊，你看咱公司的那些程序员，人到中年哪一个不是秃顶发福，靠什么拯救自信，不就是卡里的钱屁股底下的车，还有床上的妞嘛，你说你想要什么，只要你要，哥哥都给。”

果然和颜朗是一路人，交情匪浅是需要相近的三观打底的，颜艺垂下眼睛，语气淡然：“市福利院今年要给孩子们换新的运动设施，还有十万的缺口，七色花儿童孤残救助中心，今年要收治十个……”

“加在一起你报个数，二十万够吗？”

颜艺张开细长的五指，伸到老费面前：“再加五万，另外给我换辆宽敞点儿的车，不用太豪华，好开就行，答应了我就接Season的项目。”

老费胖脸上的五官都纠结在了一起：“小颜啊，这个公司你可是合伙人之一啊，赚了赔了你也在里面懂不懂，还跟我谈这种条件……”

颜艺二话不说抬腿就走，那么多事情等着她去处理，她懒得废话，老费一看颜艺油盐不进，赶紧追上去：“给，我给还不行嘛，先付十万，后面的看你的表现。”

她莞尔，不客气地说：“谢谢师兄，刚才的对话我已录音，不可食言。”

老费临出门的时候想起来问她：“我前天用你的车接我儿子放学，安全座椅装上去忘了卸了，你把车钥匙给我，我一会儿要提前下班接孩子，”他又是恨铁不成钢的模样，“你那辆破车，难开死了，起步还得抖几抖，要我说，扔了都嫌麻烦。”

“车在修理厂了，今天不是出了个小事故嘛，得等两天了。”说到这里，颜艺觉得早上的幻觉越发真实，那张神似童岸的脸，连身形都那么像，她想，Season的要求也许不过分，她心里有魔障，不怪别人担心。

她一抬头正看见老费眼底下两块浓重的阴影，心里立刻明白，老费最近的家庭生活也不太平，她叹口气：“要是过不下去了就好聚好散，两口子天天吵架怄气对孩子影响不好，孩子又不傻。”

老费的胖脸上有一闪而过的沮丧，朝她挥挥手：“这里面还好多事儿呢，有时间我跟你细说，我现在心乱得跟马蜂窝似的，等颜朗回来找他喝酒讨教一下，他对付女人有的是办法。”

在泰格，员工中间有条不成文的认知，宁可惹得老费拍桌子，也不要惹得小颜总冷笑。

泰格的整体技术能力不是吃素的，业界有目共睹，但是强大的程序员团队背后，有个更加可怕的小颜总。

小颜总即是颜艺，二十八岁，白，极瘦，个子不算高，走路很快。在一群理科生眼里，颜艺算是美女，但是这个美女不是光用来看的，在每一个程序员都很厉害的公司里，一群很牛的员工搞出了很牛的bug，在所有人都束手无策的时候出来改bug救场的那个，必然是她。就连有海外名校留学背景的老费都不得不服，泰格的技术核心，非颜艺莫属。

颜艺对自己的评价，和外界基本一致——“骨子里装着一个男人的灵魂”。

按照当年的计划，她在硅谷结束最后半个学期的实习生涯后，不准备回国定居，她的技术水平足以让她在那个陌生的国度安顿下来，她不追求大富大贵，只要衣食无虞，哪怕生活枯燥一点也无所谓，反正那个时候她已经彻底失去了童岸的消息——他是遗留在颜艺心头的一颗肿瘤，渐渐地和心脏连为一体，若割舍掉它，她的心也将停止跳动。

于是颜艺任由它疯长，顺着神经蜿蜒而上，直到有一天颜朗察觉出不对劲时，颜艺已经失眠、焦虑、抑郁了很长一段时间，甚至出现了幻觉，不得已，只能去看心理医生。

正赶上老费准备回国创业，拉来了一笔不小的投资，他很早就赏识颜艺在计算机领域的天赋和敢打敢拼的狠劲儿，有意让她技术入股。而颜艺的抑郁问题在心理医生的干预下逐渐好转，颜朗也愿意让她找点事情做，于是她和老费成立了泰格，注册通过的时候，颜艺离二十五岁生日还差半个月。

泰格来自英语“tiger”的音译，老费属虎，他自诩和颜艺的合作就是如虎添“艺”，而颜艺给出的解释是公司的名称来自“心有猛虎，细嗅蔷薇”。反正不管怎样，泰格在两年内一跃成为大陆互联网行业的一匹小小的黑马，业绩和口碑都是有目共睹的。

老费和颜朗是津洲大学学生会的老相识，脾气投缘，俩人的性格也有类似之处，自由散漫，不愿意被束缚，都以做个“浪子”为毕生追求，而颜艺克制冷静，有时甚至冷酷到了被称为“智力机器”的地步，不喜热闹，不爱交际，但泰格上上下下都清楚，她才是泰格的定海神针，技术担当。

两天后，颜艺觉得有人在跟踪她，鬼魅一般，出没在她身边。

她住的地方是个有些年头的小区，颜朗当年刚刚工作，手头有了点钱，趁着房价尚未疯涨，贷款买了这套三室两厅的房子。

在这儿住习惯了，即使是走夜路，也没什么害怕的，但是今天她下出租车前，看了一眼车里的时钟，已经接近凌晨一点。

她提着电脑包，还有端午节公司发的节礼，一盒肉粽、一竹篮活的河蟹，要不是因为这些东西不赶紧放冰箱会坏掉，她可能今夜要在办公室忙个通宵。

肉粽虽然不太沉，但是盒子大，河蟹大概五斤，再加上拎回家继续工作用的笔记本电脑，颜艺只能手提肩扛，一步步往小区里面挪。寂静的夜里，偏偏路灯还坏了两个，她只好睁大眼睛摸索着往前走。

深夜的寂静中，她分明听到另外一个人的脚步声，跟在她的身后，如影随形。

她心里咯噔一下，加快脚步，可是她快，那个声音也快，她停住脚步，那个声音也停住。颜艺心里发毛，知道即使跑她也不会是身后那个人的对手，于是悄悄地打开手机的手电功能，猛地向后转身，她以为光线能晃到那个人，可是身后什么都没有。

她稳稳心神，原来是自己吓唬自己罢了，刚准备往前走，抬头一看，五米开外的地方，站着一个身形高大的男子，陷在阴影中，穿着深色连帽衫，帽子罩在头上，看不清那人的面孔。

心脏激烈得快要跳出她的胸口，这里的地形十分不利，虽然是居民区，但她身处这个小区的死角，监控摄像头拍不到，身后是一座假山和几棵碧桃，白天这里都鲜有人至，如果呼救，也没有人能听得见。

那人站在原地不动，颜艺也不敢继续往前，两个人在漆黑的夜里，静静地对峙着。

颜艺想，这个人处心积虑地跟踪她，无非是看上了她手里的电脑包和手机，颜艺不敢再用手电晃他，生怕触怒了对方。

僵持之中，那个人向前迈了一步，他的手伸进口袋里，颜艺以为他要掏刀子，情急之下把身上所有东西一扔，撒腿就往小区外面跑。后面的人追了几步，可能是看见她把包扔了，财物到手，就迅速地消失在夜色中。

在辖区警局待了大半宿，值班的民警小周给她做了报案记录，问她记不记得那个人的长相。

捧着小周递给她的热茶，颜艺心魂未定，但还是强作镇定，说：“很高，大概比我高一头，挺瘦的，穿个连帽衫，深色的，其余的……害怕，没敢看……”

说完，似乎有什么东西重重地敲在耳边，她描述的这个男子，像是从她脑海中的幻觉里走出来一样。

小周没多说什么，只是提醒她近期如果晚归，最好有个人送。

她疲倦地点点头，又想起自己扔出去的电脑，和颜朗新送她的手机，心疼得不行。家门钥匙和车钥匙都在电脑包里，这一扔，她连家都回不去了。颜艺跟小周说明了情况，小周说要是不嫌弃，在大厅的长椅上先将就将就，等天亮了，找个开锁的师傅，再送她回家。

连惊带吓，颜艺早已疲惫不堪，倒在长椅上和衣而卧，小周给她找了一床不知谁的毛巾被，她也不嫌弃上面潮乎乎的霉味儿，倒头就睡。

她的梦境冗长繁杂，充满了血腥的颜色和凄厉的尖叫，她在梦中不停地奔跑，被寒冷的风噎得喘不上来气，就在要憋死的那一刻，颜艺醒了过来。

原来是手臂搭在了胸口，颜艺坐起身来，身上轻蓝色的亚麻外套已经皱成一团，腿上脸上被蚊子咬出无数的包。

她借用警局的电话打给老费，多亏天生好记性，颜艺不假思索地拨出老费的手机号码。

“凌晨我被抢劫了，就在我家小区，我在警局待了一宿……不，不需要人过来，我晚到三个小时，回家补个眠。”

放下电话，颜艺站在警局门口，双手插进西装短裤的口袋，看着蒙蒙亮起的天色，街上开始有人声车声响起，雾腾腾的空气夹杂着人间烟火的气息，弥漫上来，昨晚的惊险似乎从来没有发生过。

没有什么可怕的，她在心里对自己说，今天会是新的一天，平淡的普通的庸常的一天。

颜艺，不许害怕。

（2）

等她回到办公室，已经接近中午，助理小项早就把她要看的资料整理好放在办公桌上，颜艺一边喝黑咖啡醒神，一边仔细研究。

老费急匆匆地推门进来：“你现在怎么样？没事了吧？警察怎么说？”

她头也不抬：“Season公司有个很隐蔽的问题，他们的技术人员近两年跳槽……”

老费上前一把抢过她手里的文件，颜艺错愕地看着他：“你干什么？”

老费没好气地说：“颜艺，你昨天夜里被抢劫，今天中午还能跟我心平气和地谈业务，你是什么变的，妖怪吗？”

颜艺不理会，一把夺回资料，低头继续看：“是损失了点儿财物，公司发的节礼都丢了，还有电脑，肉粽和河蟹也就算了，我现在急需电脑，趁着记忆还好使，里面的很多东西都需要我自己手动重建。”

老费深吸一口气，先安抚自己不要被气个半死：“这个不急，我担心的是你的人身安全，懂不懂？人在，一切都在，人要是完蛋了，一切都完蛋了。”

“惊吓而已，没有什么危险，不用担心我。”

老费听她这样说，心里有了底，应该是没有太大问题，从早上就一直提着的心终于放了下来：“你没事我就放心了，有什么需要帮忙的，说一声。”

她放下杯子，觉得今天的老费不比往常嘴脸可恶，多端详了他两眼，这一看就看出问题了，颜艺盯着老费，指指自己的脸颊：“这里，嫂子这次下手重了点儿。”

老费嘿嘿干笑两声，摸摸脸上的两道血痕：“你今天早点下班休息，还有个事求你，”他有些不自在，“你帮我接一下聪聪行吗，我老婆不管孩子了。”

她想了想，放下手里的文件：“这样吧，聪聪干脆就在我那儿住一晚，反正颜朗还有几天才回来，你赶紧回丈母娘那儿哄老婆回家是正经的。”

老费如临大赦：“还是你仗义，电脑什么的都好说，我这就叫人给你配好，明天下午你出差前我去接孩子，你放心。”

颜艺用笔敲敲桌子：“赶紧搞定你们家的事，我这都快成你的御用保姆了。”

老费千恩万谢地出了她的办公室，颜艺摇摇头，不知该说些什么。

午饭没顾得上吃，小项帮她泡了一碗面，颜艺一边看Season的资料一边等着面熟，突然颜艺的手机响了，是陈慕阳打来的。

“小艺姐，今晚你还出门吗，要是出门我送你回家。”陈慕阳那边很嘈杂。

“不出门，怎么了？”

“派出所小周都跟我说了，昨晚的事……反正你这几天要是晚归，必须让我送你回家，昨天那个男的盯上的只是你的钱，说不定下次……”

“不会有下次，我一会儿会早点回家。”

“你干吗去？”那边誓死要刨根问底。

“接孩子。”颜艺不假思索地说。

“你哪儿来的孩子？不对……喂，颜艺，你能不能别老把我当小孩子糊弄，我好歹也是人民警察好吗？我又不是小孩子了！”陈慕阳有些气急败坏。

颜艺轻笑，昨夜一直紧绷的神经稍稍放松：“我一会儿去接我同事的孩子，他们家有事，孩子先放我那儿，你要是想找我就去蒙特利尔幼儿园，两个小时以后在那儿碰头。”

那边有几秒钟没有声音，陈慕阳在和同事说着什么，似乎是想找人调一下值班时间，同事笑他见色忘义，陈慕阳心情不错，好像并不介意这样的误会。

听到她吃东西的声音，陈慕阳的声线有些不满：“你怎么又吃泡面，那玩意对身体不好，晚上我带你去吃好吃的。”

陈慕阳早到了二十分钟，在幼儿园门口等得有些沉不住气。接孩子的大爷大妈们对这个帅气的小伙子十分好奇：“这么年轻孩子就这么大了啊，小伙子，你可真有本事！”

陈慕阳羞死了，怪颜艺选得不是地方。正绞尽脑汁怎么躲开老大爷们的盘问，颜艺从远处奔了过来。

在他的印象中，她永远是最简单的穿着，灰色T恤和牛仔裤，刚过肩膀的头发飘散着，脚下一双帆布鞋，走路生风。可是就这样一张素面朝天的面孔，在下午四点钟的阳光下，在陈慕阳的青春里，闪闪发亮。

看着她像一只小鹿，迈开长腿跑过来，陈慕阳心头的烦躁立刻消失，他笑吟吟地迎上去，阳光下露出一口洁白的牙齿，递过手里面开了封的矿泉水。颜艺顺利地接到聪聪，三个人有说有笑地朝陈慕阳的车子走去。

颜艺走着走着，停了下来，抱着聪聪的陈慕阳扭头看她，颜艺一脸的紧张，她指指马路对面，一辆黑色桑塔纳停在路边，似乎已经恭候她多时。

车里坐着一个年轻的男人，黑色连帽衫，帽子兜住头，戴深色墨镜和口罩，看见颜艺和陈慕阳朝他张望，他像个幽灵一样，肆无忌惮地冲他们挥挥手。

就是昨晚跟踪她的那个男人，衣服都没有换，颜艺的手紧张地拽着陈慕阳，低声告诉他车里人的来路，那辆车里的人好整以暇地看着他们，他想放下孩子追过去，颜艺制止了他的冲动："报警。"

警察赶来之前，那辆黑色桑塔纳早就开走了，混进茫茫的下班高峰中，不见踪影。其中一个警察和陈慕阳认识，再三提醒他要保护"女朋友"的安全，陈慕阳微红了脸，偷睨着颜艺，颜艺喂聪聪喝水，假装没有听到。

警察翻翻手里的记录，惊讶地问："昨晚是你报的警吧？说是被人抢了一个电脑包，还有手机，及其他财物。今天早上你们小区有个老大爷倒垃圾，在垃圾箱旁捡到一个电脑包，里面笔记本和手机都在，正想找你认领呢。”

晚饭后，陈慕阳将颜艺和聪聪送到家，看着她把熟睡的孩子安顿好，轻轻地关上房门。

颜艺看看外面的天色：“不早了，跟着我跑了半天，你也该回去了。”

她低着头背对着陈慕阳站着，在餐桌边倒了一杯水，刚想一饮而尽，一双有力的胳膊轻轻地环住了她的腰。

陈慕阳的脸颊蹭着她的头发，颜艺紧张地僵在原地，他感受到了她的微微挣扎，迟疑着不敢有太多的动作：“颜艺，什么时候你才会相信，童岸能为你做的，他曾经为你做的，我也能做得到。”

颜艺一拧身子，闪出他的怀抱：“谢谢你，真的，时间不早了……”她低头咳了一声，尴尬无声无息地袭来。

“他能对你好我就不能吗？”陈慕阳急急地转过来，直视着颜艺，一双鹿眼闪烁着急切的光，“我一直不明白，你这么苦等着他是为了什么？当年他能抛弃你一走了之，你还抱着幻想有朝一日他能回来吗？你还要等多久？你要拿一辈子白白耗在他的身上吗？”

“这是我和他之间的事。”颜艺垂下眼帘，抿了下嘴角，低声说。

“你这是自欺欺人，世界上最傻的人就是你了！”陈慕阳额头沁出汗珠，不甘心地追问，“颜艺，如果你要的是感情，我从高中开始对你的心思，你不会不懂，如果你要的是一个男人，我不比任何人差！”

“你住嘴！”颜艺终于按捺不住，她一把推开陈慕阳，低吼道，“你觉得你完全了解我吗，我才没有被抛弃！是我不爱他了，我也没有等他，是我先放弃他的！”

她推开他的力气之大吓了陈慕阳一跳，也击破了他长久以来的幻想，陈慕阳红了眼圈，这些年来，他把压在心头的这些话说出口，是仅有的一次。

他委屈地转过身，颜艺双手撑在桌上缓了半天，深吸几口气，才慢慢恢复，她无力地挥挥手：“对不起，我心情不好，不该冲你发火，你走吧，再晚你妈妈该担心了。”

陈慕阳知道事已至此，只好点点头，起身告辞，临出门不忘提醒她：“关好门窗，有事打我电话，打给小周也行，我交代过他，老朋友了，好说话，”他停顿了一下，“你修车的单子我拿走了，你安心出差，到时候我帮你提车。”

颜艺送他到门口，看他下楼才关好门，转身蹲靠在大门上，全身的力气似乎都流失一空。

好在颜朗存下的进口高度酒还有半瓶，颜艺想也不想，打开瓶盖直接大口灌，酒精刺激口腔带来的灼烧感让她清醒不少，血液慢慢在燃烧，绷成弓弦一样的神经缓缓松弛下来，刚才的空虚困顿被莫名的愉悦感填满，颜艺想也不想，一头栽倒进宽大的沙发上，闷头就睡。

在她的意识消失之前，那天在修车厂产生的幻觉又浮现上来，那个男生的身影和跟踪她的那个黑衣男人的身形重合在一起，在她眼前晃动。

活着怎样，死又有什么可怕的，她早就死过一回了，现在的日子都是白赚的，不怕醉死。

第二天，一场大雨让夜晚的机场增添了另一种风韵，航站楼的灯光在迷蒙的水汽中氤氲成一颗颗明珠。

一行人除了颜艺之外，还有一位男性技术骨干小贾，三十多岁，沉默老实，另一位是毕业不久刚通过实习期的小女孩，叫汪妍，据老费说是市里某个要人的外甥女，非要来泰格体验IT业职场生活，老费只好留下。

因为台风的影响，航班延迟，三人只好在候机大厅苦候。颜艺的行李很简单，一个旅行包、一个双肩背包，随意地放在身旁的座椅上。她在看资料，可是总觉得哪里不对劲，像是有人在背后不经意地偷觑她。

汪妍从来机场的路上就偷偷打量颜艺的装备，现在看颜艺深深地打个哈欠，把电脑合上，才敢装作不经意地笑着问："小颜总，您这个旅行包是LV的限量版吧，我好像在国内的店里没有见过。"

颜艺头都没抬："这个包是我哥给我买的，我告诉他要个结实耐用的旅行包，他出差带回来的。"

汪妍一脸艳羡："我要是有个这样的哥哥就好了……"

颜艺想起颜朗往日的行径，摇摇头："你千万不要有这样的哥哥，除非你的心智很强大。"

看着汪妍不解的样子，颜艺没再说话，专心看电脑里的文件资料。

上飞机时已经过了午夜，三人订了宽大的商务舱，颜艺困极了，把身上的卫衣外套拉好，盖上毛毯，蹬掉鞋子蜷缩成一只蛹，倒头就睡，津洲到广州三个多小时的航班，足够她补个觉。

汪妍和小贾惊讶颜艺的睡眠能力，机舱外面的天气状况并不太好，机身颠簸得厉害，汪妍有些晕机，吃了药才缓上来，而颜艺根本不为所动，呼呼大睡。汪妍比画着指指颜艺，冲小贾竖起大拇指，对小颜总佩服得五体投地。

还有四十多分钟降落，颜艺总算醒了过来，披着毛毯醒神。刚睁眼的那一刻，她不知道自己此时此刻在哪里，恍恍惚惚地完全不顾自己刚睡醒的形象，把头靠在椅枕上醒盹，直到听到空姐广播，她才清醒。

不过颜艺总觉得哪里有些不对劲，那种被人偷偷注视的感觉又涌了上来，她顺着自己的第六感往后看，果然，隔着一排座位，有一个三十多岁的男子朝她微笑着眨眨眼。

颜艺收回目光，汪妍不明就里，用手肘撞撞颜艺："咦，小颜总，那个帅哥一直在看你呢。"

小贾一听，知道汪妍说话太冒失了，小颜总在泰格是有名的绯闻绝缘体，他进泰格有多少年，就有多少年没听说小颜总有男朋友，曾经有个程序员不知自己什么分量，暗恋颜艺，跑去表白吃了大瘪，在公司里散布颜艺是个les的谣言，费总亲自出马，让那小子立马滚蛋。

小贾觑着汪妍和小颜总静观其变。颜艺没生气也没抬头："看吧，看了我又不会掉块肉。"

汪妍挤挤眼睛："看着还不错啊，有模有样的。"

颜艺合上手里的报纸，轻笑："你喜欢吗啊？喜欢就让给你了。"

果然汪妍蠢蠢欲动，那个帅哥全身Armani休闲线，身量和身家估摸着都不低，胸肌鼓鼓的，戴一副无框眼镜，长得斯文禽兽的模样，正符合她的审美标准。

汪妍大大方方地递过去一张名片："请问先生，怎么称呼？"

那个男生掏出自己的名片夹，拿出一张，夹在一张撕下的A4纸里，微笑着说："请帮我转交给那位不爱说话的小姐，多谢。"

汪妍悬在空中的手尴尬地收回来，讪讪地一笑，那个男人并不放弃，走到颜艺身边："请笑纳。"

刚才在候机大厅，他就注意到了这个白净清瘦的女生，一副素颜戴着黑框眼镜，虽然不如旁边的女孩灵动娇俏，却别有一番清丽的滋味。他打量她的大牌包包，很随便地扔在一边，上面还有雨水落下的痕迹，阅人无数的他心里有数，她登机时拉起卫衣上的帽子，露出Prada的logo，还有她手上的那块百达翡丽，很明显，眼前这位肯定不是拿一个月的月薪买LV限量版的普通白领，看她清秀的模样本来以为是某个低调的女明星，或是家境优渥的白富美，但是听她跟身边两位的言谈中流露出来的专业名词和流利的英语，他知道自己判断失误，却燃起了更大的好奇心。

广播通知飞机即将着陆，空姐过来提醒乘客坐回自己的位置上系好安全带，颜艺不好僵持，只好接过来，矜持地点点头。

她打开，扫了一眼名片，潘悦安，再看那张纸，纸上勾勒出的是她酣然大睡的模样，寥寥几笔，神态活灵活现，颜艺轻笑一声不置可否，随手塞进口袋里，这样的登徒子她见得多了，说不上厌恶，也绝无好感。

下午童岸出去办了点事，刚回到修理厂，小平头就凑了上来：“童哥，这有张单子你签个字，人家来提车了。”

童岸接过来，一看是颜艺的车，他装作不经意地问道：“是那个女的自己来的？”

这句话问得没头没脑的，小平头不明就里，老实作答：“不是，是个年轻的男的。”

他的手迟疑了片刻，签了字，扔下笔往车间里走。

他根本不想知道谁来给她取车，爱谁来谁来，跟他有什么关系，但眼睛还是不经意地朝那辆红车瞄了一下，旁边站着的男的，只留给了他一个背影。

那个背影颀长英挺，应该不是她哥那个浑蛋，颜朗没这么高，也没这么修长，应该是她老公，她不都有孩子了嘛。

童岸没来由地感到一阵烦躁，重重地摔上车间的门。他掏出耳机戴上，边听音乐边干活儿，一首曲子还没播完，耳机就被人生生拽了下来，敢这么干的人，不会是别人，只会是杜薇。

杜薇是宏达修车厂杜老板的独生爱女，手里拿着一支雪糕，后面跟着左军，她一把缠上童岸的脖颈，恨不得整个人贴上去，左军异样的眼光投过来，童岸知道他见杜薇黏着他心里不痛快，轻轻地闪过，伸手接过她要喂给他的雪糕，咬了一口：“谢了！”

杜薇扬头一笑，两只手臂顺势围上了童岸的腰身，微倾上身，快速地在他唇上一吻：“吃了我的雪糕，嘴巴就甜了。”

左军的目光越来越阴沉，他故意咳嗽一声，杜薇根本不理会，摆弄着童岸的耳机：“我说你一天到晚没事的时候也不跟我出去玩儿，光顾着听歌，就这么有意思？”

她戴上耳机仔细听了听，撇撇嘴：“这都什么玩意儿啊，也没人唱，光是钢琴小提琴的，你也不嫌烦？”

童岸从她手里拿走耳机，不说话，收拾了工具准备去修车，杜薇不死心还想跟上去，左军再也按捺不住，抓了她的手腕就往外走：“赶紧的，你爸说了今晚必须得陪他吃饭，不能耽误了。”

杜薇想挣扎，又怕父亲生气不答应给她换跑车，只好悻悻然跟着他往外走，童岸听左军在背后小声地嘀咕：“跟你说了多少遍了，少跟那小子眉来眼去的，你都不知道他什么底细来路就敢往车厂带，小心你爸生气！”

他手上一使劲，拽得杜薇一个趔趄：“你爸最近丢了一车的货，正窝火呢，你别又因为这小子让你爸着急！”

“管得着吗？我看是你看不惯童岸在这儿抢了你的风头吧，人家比你帅比你技术好，你受不了罢了，”她一把甩开左军抓着她的手，“还真当自己是宏达未来的驸马爷了？别老把我爸抬出来，童岸救过我，我爸知道，是他点头同意我把童岸带进来的！”

左军气极，却又不能高声，愤愤地说：“你等着，我非得查出他的底细让你看看，还技术好，我看就是个大尾巴狼！”

童岸默不作声地收好自己的耳机，正了正帽子，帽檐下一双亮得像是黑曜石一般的双眼，不动声色地泛起一丝波光。

疾驰在乡间小路上的中巴车里，摇晃着一车昏昏欲睡的乘客，有一个穿着白色衬衫的身影格外引人注目。

这个小村庄特有的景致风物近年来吸引了不少游客，现在正是暑假，背着包的学生三五成群，很是热闹，虽然已经过了梨花盛开的好季节，但不加修饰的农家风光，还是让人神往。

车里有几个大学生模样的外国游客，掏出地图小声地争论，旅游攻略上写着的那个铜铸的大钟，到底在哪个方向。几个人争执不下，又怕耽误行程，于是有个女孩很轻声地建议，反正时间也不算宽裕，要不然就不去了。

童岸头靠在椅背上闭目养神，坐在他前面的这几个外国孩子吵得他脑仁疼，再加上一路的颠簸，也够受的。童岸起身，用英语对他们说："I hope I can help.（希望我能帮助你。）"

几个外国学生大喜过望，连连道谢，他们没想到在这个狭小破旧的车厢里，会有一个操着纯正英国口音的年轻人。童岸给他们简单地画了路线图，叮嘱他们可能会遇上草丛里的蛇，还有咬人很疼的野蚊子。

有个金发女孩好奇地问他："你在英国生活过？"

童岸没有回答，他笑了笑，收回目光，那几个年轻人也逐渐安静下来。童岸的脚底下放着一个旅行包，路上车身偶尔一颠，里面会发出瓷器轻微碰撞的声音，童岸干脆将它们抱在怀里，找了个舒服的姿势，半眯着，等待旅途的结束。

小路的尽头是一个破旧的车站，童岸下了车，跟那几个外国学生挥挥手，背着他的旅行包独自向另一个方向走去，那里是一片菜田，再往前走，是一片连在一起的家坟。童岸站在没有墓碑的两座坟前，轻轻地坐了下来。

夏季清晨的乡间，露水很重，童岸崭新的裤子瞬间洇湿了一片，刺拉拉的杂草扎进他的皮肤，他浑然不觉。

他拖过身后的行李袋，一件一件地往外掏，万宝路香烟、一瓶上好的德国冰酒，还有一个沉甸甸的檀木盒子，童岸掏出一个香炉，把香烟拆开，一支支满满地插进去，点燃了，打开酒，洒在地上。

他低声念叨："你临走前也没让你再过过瘾，现在你儿子能凭自己的本事赚钱了，让你一次喝个够。"

他又打开那个檀木盒子，里面是丝绸包裹的一盒麻将，泛着奇异的色彩，童岸将它摆在另一座坟前，喃喃念道："妈，这是我从咱家那些变卖的东西里偷偷留下的，你最喜欢这副象牙麻将，我给你带来了，没法烧，凑合着看看吧。"

他喉头有些酸涩："在那边少打小屁胡，要赢起码得杠上开花，还有，腰不好就别连打八圈了……"

清晨的风低低地吹着，像是谁在哽咽，童岸跪倒在坟前，头重重地磕在泥土地上，面对着两座杂草丛生的坟茔，他的心，永远也落不回去了。

不知道这样跪了多久，直到身后传来缓缓的脚步声，有人一步步慢慢地靠近他。童岸警觉地起身，回头却撞上一张略显沧桑的面孔。

这个男人并不魁梧，身形却很笔直。不是别人，正是津洲市公安局经侦队队长冯鸣。他径直上前，手里有一捧黄白相间的菊花，恭敬地放在墓前。

老冯说："前几年你没回来的时候，每到你父母的忌日，我都来这儿看看，添添土除除草，总荒着也不好。"

他叹口气，换了语气："上次抓到杜学富的那两个马仔，包括缴获一车走私进口发动机的事情，还没谢谢你，你的信息很重要也很及时，我们和邻市查获的发动机比对了，型号和规格都是同一个来源，说明杜学富这个以修车厂为掩护的倒卖走私发动机的窝点，铺出来的销售线已经扩大到了周边的省市。”

童岸沉默不语，清俊的脸上现出一丝无奈。进入宏达车厂纯属巧合，当时他刚回国，夜里出来正遇上喝得醉醺醺被两个小混混调戏的杜薇，他出于好心，出手相救，杜薇清醒之后见他长得帅气，又没工作，正好她家开修车厂，她只知道童岸会修车，不知道童岸已经是德国小有名气的汽车设计师，便极力邀请他去自家修车厂工作，给出了前所未有最好的待遇。

他们都不知道的是，警方早就监控了杜学富及其家人的一举一动，当老冯发现杜薇新认识的男孩竟然是多年没有音信的童岸时，内心又惊喜又紧张，惊喜的是远方堂叔的儿子还活在人世，紧张的是童岸对眼前的危险一无所知。

他把这些情况汇报给局里，几经商议后，领导派他和童岸谈一谈，看能不能借这个机会打入宏达车厂内部，这是千载难逢的机遇，他们目前所遇到的困境，也许能在童岸身上找到突破口。

宏达车厂很早就已经落入警方的视野，津洲市的地下改装车玩家都知道这里有不少的“好货”，一般说来，改装车辆几乎每个车厂都会有所涉足，但是所谓的“好货”，无非是走私进来的那些零件，而零件里面水最深的，就是发动机。

这些发动机，基本都是走私进来的，老冯带领的津洲市公安局经济侦查大队配合海关缉私大队，决定立案侦查。他们几次派侦查员化装成改装车玩家，准备深入这个车厂探个究竟，却都被这个车厂实际的管理人左军不动声色地挡了回来。警方也想过强上，但是手里并没有确凿的证据，杜老板和左军很狡猾，和邻市的交易都是单线联系，他们抓不到大宗的实质性的证据，一筹莫展。

上面给的压力很大，破案日期一点点靠近，这时童岸的出现不亚于一根救命稻草，老冯找到童岸，坦诚地聊了聊，他希望他能配合警方，搜集一些有力的信息出来。

童岸没有说可以，也没有拒绝，他一时还不能接受自己跟一个走私团伙有联系的事实。老冯也不催他，也不能强迫他，这要他自己愿意才行。

也许是觉得没有太大的危险，也许童岸认为老冯在他最难的时候帮过他，他欠老冯人情。当年童岸母亲抢救的时候急需输血，血液中心相同血型的血液库存告急，老冯听说两人血型相同，二话不说撸起袖子抽了400毫升新鲜血浆出来，这几乎是一个人的极限。老冯煞白着脸走出采血室的时候，童岸想，就算是做牛做马，这辈子也得把老冯的恩情报了，于是，他答应做了老冯的线人，成功打进了杜学富的修车厂。

老冯接着说："我们希望能在最短的时间内把案件侦破，把杜学富的这个走私窝点端了。"

童岸修长的手指拨拉着地上的野草，听了老冯的话，抬起头来看着远处的田野："不是你们想得那么简单的，车厂主要归左军管，那家伙鬼得很，你们上次端了他们一车货，现在左军天天疑神疑鬼的，恨不得多长出两只眼睛盯着我们，再加上杜薇黏我，他吃飞醋，总想找碴儿把我踢出去，现在别说弄点消息出来，就是自保都很难了。"

老冯眉头紧皱，说道："我倒是没想到还有这一层，左军滑头我是知道的，他小时候偷鸡摸狗没少撞在我的手里，他跟杜学富这么多年本事也见长了，"他唾了一口烟沫，"这个我们来搞定，你注意保护好自己，一切都要在你安全的情况下进行。"

老冯从衬衣口袋里摸索出一张已经泛黄的纸条：“这是我那帮同事们查抄地下钱庄时翻出来的，我事先跟他们打过招呼，如果有任何关于颜朗的东西，都给我留着。你看，姓名和借款日期都没错，我后来私底下也找过给他们跑过腿的人，看了颜朗的照片，说有印象，但是不确定，毕竟中间隔了好几年，人的长相是会变化的。”

“颜朗”这个简单的落款在纸上已经有些模糊，却像钢针一样扎进童岸的双眼，他试着深呼吸，却也平息不了心中起伏的情绪。

童岸把纸条收好放回口袋：“谢了，你们交代的事，我知道该怎么做，没什么事的话我先走了。”

他转身收拾了东西刚想走，老冯立在原地不动，说道：“你站住，我还有话要说。”

他的肩线微微一抖，老冯装作没有察觉他的情绪变化，自顾自地说下去：“你爸在出事前不久，跟我闲聊的时候说过这么一句话，他说，如果以后我出了什么事，你替我告诉我儿子，好好活着，娶妻生子，什么都别耽误了。”

童岸转过脸来，脸上是愤恨的表情：“他能看得开放得下，我做不到！我什么都没有了，我爸背着杀人犯的罪名死了，我妈自杀了，要不是颜朗，我至于到现在这个地步吗？我的家庭、我的生活，谁来偿还给我？”

老冯眯着眼睛，看着烟圈在阳光下缓缓飘散，他低声道：“我三叔活得比你明白，他有预感，只是没想到事情会变化得这么快，没有安顿好你们母子，就天翻地覆了。”

童岸没有说话，他颤抖着把一支香烟放在唇边，用手笼着火苗，想点燃它。一次、两次，火苗扑朔着灭了，第三次，香烟头上才有了红光。

“那你还恨颜艺吗？”

这个名字在他的心头重重一敲，他不知该如何回答。

痛恨一个人七年比喜欢一个人七年更加厉害。喜欢只是一种惯性，痛恨却需要不断地鞭策自己才行。

当老冯问他，还恨不恨颜艺的时候，他下意识地抬头望了老冯一眼。这个名字最近频繁地出现在他的面前，像是有一只不安分的手指，轻轻地搔挠他心头的一道血痕。

“不要提她，她跟我没什么关系，当年是我蠢而已，鬼迷心窍了，现在她过得挺好，已经结婚生子，跟我不是一个世界的人。”

“那你回来又是因为什么？”

这句话仿佛触到了他心底最软最不敢示人的那个角落，为什么要回来？

在国外的时候，有个和他所在公司谈合作的年轻人，一眼认出了童岸，他笑嘻嘻地说，有个中国女孩，在他做版主的汽车论坛上发了帖子，找照片中的男孩，他们觉得无聊想删帖，才发现女孩神通广大，控制了后台程序，管理员奈何不了她，只能让这个寻人帖霸占置顶的位置。每年到这个男孩生日的时候，她都会更新帖子，七年了，年年不落。

而童岸，和照片中的那个男孩，长得一模一样。

童岸心念一动，他曾对老冯说是想念逝去的父母，想回来看看他们，其实他知道，老冯根本不会相信。

老冯叹口气，掐了手上的烟，拍拍他的肩膀：“你帮我们弄完这个走私案，该干什么干什么去，回英国也好，继续留在津洲也罢，有些事不要太执着，日子该过的还得继续过下去，我这话放在这儿了，你就凭这张纸，也不会有太大的机会替你爸翻案！”

“那就走着瞧吧，”童岸眯起一双黑眸，眼中有冷峻的光，“你交代我的事我尽力做到，你也答应我，我干了什么，只要没碰到你的界限，就由着我去。”

（3）

颜朗从南美回来后就没有老实在家的时候，经常是颜艺早上出门上班，他一身酒气地打着哈欠刚回来。更过分的是，他把行李往家里一扔，脏衣服脏袜子堆在洗衣机里，颜艺只好捏着鼻子给家政公司打电话，要求火速派个阿姨过来收拾。

听着妹妹的抱怨，颜朗也不生气，揉揉她的头发，掏出新给她买的G家羊绒围巾。他知道她夏天也畏寒，在空调房里待久了最需要的就是一条温暖的大围巾，上次出差她把颜朗给她买的爱马仕围巾丢了，是丢在机场还是丢在飞机上，她也记不得了，打电话过去找，没有结果。颜艺心里有愧，拿人嘴软，只好闭嘴。

她站在哥哥卧室门口张望了一下，床铺还是昨天阿姨收拾完时的样子，其他东西都规规整整地摆着，说明颜朗这次是彻夜未归。颜艺长出一口气，颜朗死性不改，和发了情的公猫一样，一撒出去，不折腾个天翻地覆是不会回来的，他有这个资本，长得一副好皮囊，会讨女人欢心，最厉害的是，他只走肾，不走心，这样的妖孽，在情场如同披坚执锐，所向披靡。

颜艺的眼皮无端地跳了几跳，她一直没搞清楚辛奶奶说的是左眼跳财右眼跳灾，还是正相反，肯定是昨晚没睡好，一夜多梦，中午抽时间补个眠才是正经。

童岸戴着口罩在车间里给一辆车喷漆，憋得难受，偷空站在修理厂外面喘口气。

刚掏出烟点上，没抽两口，杜薇不知打哪儿出来，一把把烟夺过去。

"这么大的雾霾天你还抽烟，嫌死得慢是吗？"

童岸没搭理她，试图从她手里抢过拿走的香烟，杜薇顺势把手往后一背，童岸修长的手臂刚想绕过她的身体从后面夺烟，在即将出手的那一刻，急忙刹住了车，双手插进裤兜，不说话，只是盯着她。

杜薇似笑非笑地看着他，只要他顺势伸臂，她就顺水推舟地栽进他的怀抱里。

没想到他能敏捷地收回动作，杜薇有些失望，她抓住每一次机会和童岸亲热，可是他总一副冷冰冰的表情。杜薇不懂，自己长得不难看，从小到大不缺男生追，她也知道该怎么撩拨一个男人的神经，可为什么童岸对她永远拒之千里之外？

"我跟你说，在这儿工作，你要想办法把烟戒了，听我的，这是为你好。"杜薇难得一脸认真。

"一个女孩子家，天天跟在男人屁股后面跑，你不怕你的'左军哥'又吃飞醋啊？"童岸挑了挑眉毛，不理会她，敲出另外一支烟点着，悠然自在地吸进肺里。

"你别怕他，他就是仗着我爸重用他，不知道自己几斤几两了，你可千万别当真啊，都是那帮臭小子起哄架秧子，他对我什么想法我不管，我跟你保证，我对他可没意思。”她脸上的表情有些不自在，伸出涂得五颜六色的手指勾着童岸的腰带，靠近了端详童岸的一张脸，更觉得眉目硬朗英俊，一双黑水晶般的眼睛，不笑的时候像桃花，笑起来的时候像月牙，让人心神荡漾，杜薇心里暗想，男人长得太好了，原来也会是祸水。

童岸看见左军远远地走过来，多一事不如少一事，他想甩开杜薇回车间里去，不料杜薇一把拦着他，有些急切：“我知道你在他手底下憋屈，你放心，我想办法让我爸也重用你，比左军还重，但是前提是，你得喜欢我。”

童岸有些失笑，杜薇这番话既天真又愚蠢，不过对于他来说，倒不失是一个绝好的机会，他戴好鸭舌帽，往外面走去，杜薇在他身后大叫：“你干吗去？”

“去药店买个防霾口罩，顺便也给你买点药，治治脑子。”

刚出药店门口，童岸就发现一群人扎在路边看热闹，他本不爱管闲事，刚想走，不料停在路边的那辆红色福克斯一下子吸引了他全部的注意力。

他挤进去，隔着两三层人墙往里张望，躺在地上的是一个穿得破破烂烂的老大爷，直哼哼，说是红车司机撞了人，非得要对方赔他五百块钱。站在一旁手足无措的年轻女子，正是颜艺。

素净的一张脸，上面写满了慌乱，她茫然地看着地上躺着的人，不知是该搀扶起来，还是应该先打120，或者是报警？

童岸本能地想上前，但是颜艺脸上的表情，让他瞬间想到了父亲出事时的自已，那样慌乱无助，而那一切，都是颜朗，她的哥哥一手造成的。

他的骨节攥得发白，一声不吭地看着她试图搀扶起老大爷。老大爷不依不饶地哭闹，抓扯着颜艺的头发，似乎用力太大，扯得她啊的一声痛呼。

想是疼狠了，她的眼角有泪光，周围的人指指点点地议论着，有人打电话报了警，警察尚未赶到，老大爷的家人闻讯赶来了。

路人束手围观，没有人上前帮忙，正是一天最热的时候，围观的人渐越聚越多，貌似老大爷家人的几个男女气呼呼地赶来，二话不说，上来就推搡颜艺，他们叫嚣着："不给钱就别想走，至少要给一万块，不然没你好下场！"

颜艺刚想辩解，一个耳光就招呼上来了，她躲闪不及，生生地挨了一下，脸上瞬间起了五根红色的印子。

那个耳光打得童岸心里一凛，他扒拉开围观的人群，三两步挤上前，伸手生硬地将颜艺从地上拉起来。这一刹那，颜艺傻了一般，直愣愣地看着眼前从天而降的男人。

七年，不知他是死是活的七年，仿佛从来没有过，时光断裂，他就在这个街角等着她，像是高中时代放学的傍晚，又像是大学时暑假里的约会。

那些幻觉又涌上来，不断重叠，不停幻化，伦敦地铁里匆匆人潮里的擦肩而过，慕尼黑某个小酒馆里半醉半醒时的身影，还有车厂里鸭舌帽下英俊颓唐的脸，夜晚跟踪她的黑衣人的那双黑眸。

这些幻影不断冲击着她，颜艺头痛欲裂，她扑上去抓住童岸的衣领，脸上的表情近乎失控："童岸是你吗？真的是你吗？你现在是人还是鬼啊，你说话啊你？”

童岸沉默不语，围观的人一副看好戏的样子，他握住她僵硬的手，凉得像是一块冰，他想把她的手放下来，不料打横里冲出一个男人的身影，一拳挥过来，童岸躲闪不及，重重地倒在地上。

“滚开，浑蛋，不许你碰我妹妹！”

半路杀出来的人是颜朗，他接到妹妹的电话心急火燎地赶了过来，没想到在现场第一眼就看到了许久未见的童岸。他像一只凶狠的野兽，死死地护在颜艺身前。

仇人相见分外眼红，颜朗七年未见童岸，没想到他变化这么大，原先单薄的身材结实劲瘦，原本就不低的身高似乎又长了，颀长的身形令他感到一股压迫感。

变化最大的是那一双眉眼，当年的童岸眉目清俊，眼神中永远有一种骄傲的神采，而现在，童岸的周身无处不散发出一种成熟诡谲的气息，让他心底一凛。

终归是遇上了，他等了七年，没想到是以这样一种方式狭路相逢。

童岸毫不示弱，翻身起来迅速回击，两个人很快厮打在一起，倒在地上的老人和家属也傻眼了，不知这又是唱的哪一出戏。颜艺没想到两个人会打起来，急得团团转，她扑上去想拉开两个男人，终究因为力气小被甩了出来。童岸一记重拳捶在颜朗的脸上，颜朗眼角破裂，鲜血直流。

两名警察赶来，驱散了围观的群众，正要准备处理颜艺的“撞人”事件，却见老大爷和家属偷偷摸摸地想要走，年纪长些的警察喝住他们："谁都别想走，跟我去派出所走一趟。"

颜朗和童岸脸上都挂了彩，老警察瞪他们一眼，说道："还有你俩，大白天斗殴，也跟我走。"

颜艺头疼欲裂，颜朗用纸巾捂着伤口，心里又疼惜颜艺："我得带我妹妹去医院查一下，刚才她被他们打了一耳光。"

老警察指定年轻的警察陪颜艺去附近的医院看看，然后兵分两路，各自散开了。

两个男人宛若刚刚从斗兽场下来的角斗士，默然地坐在派出所大厅里，颜朗费劲地抬起肿胀的眼睛，和那双桀骜的眼睛对视，里面有太多说不清的东西，颜朗想，该来的总会来，来了也拦不住。

到了所里，杨警官让他俩先等一会儿，尤其是童岸，那个路口的监控摄像头坏掉了，他要单独为撞人事件做一个笔录。

颜朗不说话，童岸也尽量避开他的目光。沉默了许久，颜朗终于说："你隔了七年才现身，一回来我妹就没好事。"

童岸轻笑，说道："怎么了，你担心我会瞎说害了你妹妹？"

颜朗看着远处，说："我不信你会伤害她，如果你想报复我，有的是办法，何苦牵扯上她？"

童岸似笑非笑地看着他，回答道："因为伤害她，会让你更难受，比直接对你下手管用多了，"他站起身，"反正我又不爱她了，她的死活与我无关。"

颜朗恨不能再次出手揍他："你还算个人吗，她等了你七年，死心塌地地等了你七年！你知道七年对一个女人意味着什么吗，你当年远走高飞，她差点把命都丢了，颜艺看了三年的心理医生，她没疯是她命大，她的死活与你无关，你说这话有良心吗？”

童岸懒洋洋地伸个懒腰：“本来就和我没有关系，这是她应得的。”

正在这时，老警官走过来，准备带童岸去做笔录，他看看候在一边的颜朗，对他说：“我同事刚来了个电话，说你妹妹，有轻微的脑震荡。”

颜朗和警官在交谈着什么，童岸已经听不清了，“脑震荡”三个字久久地回荡在他耳边，他没想到颜艺会伤得这么重，等到坐下做笔录的时候，他的思维才回来。

“请你描述一下事故对方的基本情况。驾驶员的体貌特征，以及车辆的颜色。”

“红色的福克斯，驾驶员是个女的，二十七岁，身高一米六三，瘦，挺白的。”

笔录警察奇怪地看了他一眼：“你跟驾驶人认识？”

“高中同学。”

“驾驶人在路口转弯时的速度有多少，能描述一下吗，说个大概就行。”

“可能在10迈左右吧，没看清楚。”

对面的警察有些不耐烦：“没看清楚那你来做什么笔录，你知不知道你说的话对案件的重要性啊？”

童岸抬起眼，盯着眼前这个年纪不大的小警察，他身上有一股隐隐的乖张之气，似笑非笑地向前半倾着身子，看着对方：“耽误你时间了？”

小警察一时间竟有些慌张：“没……没有……你接着说……”

童岸靠回椅背，接着说：“她那辆车，前些日子我给她修过，车子前方ETC车载器上面，我装了一个进口的行车记录仪，十分隐形，在外面基本看不出来。”

“只要把那个行车记录仪上的芯片拔下来，放在电脑上一读，她到底撞没撞人，自然就能见分晓。”

所有人围在电脑前，聚精会神地看着电脑，屏幕上颜艺的红色车子还没驶到路口，老大爷已经迎了上来，颤巍巍地倒在颜艺的车前，颜朗看着这个画面，长舒了一口气。

旁边的警察提醒老警察，这个大爷上个月用同样的手段在公园路附近碰过瓷，只不过车主软弱，给了二百块钱就走了，他们的同伙嫌老大爷要得太少，预谋干一票大的，这才出现了今天集体出动勒索要钱的一幕。

水落石出，这个碰瓷集团交给警方处理，他们涉嫌敲诈勒索，刑拘是跑不掉了，颜艺的医药费和误工费，都由对方负责。

真相大白之后，颜朗的脑子里飞速思考的不是这件事，而是童岸竟然能在神不知鬼不觉的情况下给颜艺的车子装了隐形行车记录仪，这就等于半监控了颜艺。他不想吃这个哑巴亏，给警察递了一支烟：“我想问您啊，那小子在我妹妹的车里，没经过允许就安装监控设备，这个怎么判，抓起来要判几年？”

老警察被一口烟呛得直咳嗽，姜还是老的辣，他慢悠悠地说：“你俩斗殴，可是你先动的手，虽说你伤得比他重点，可如果对方要深究，你也脱不了干系。”

颜朗不甘心，还想追问，颜艺平静的声音在门外响起："是我让他装的。我付钱，他装设备，其他的事跟他没有任何关系。"

"刚才我让人打蒙了，一时忘了，对不起。"她的声音透露出无限的疲惫，还有深深的倦意，"哥，算了，不要追究了，你也有不对的地方。"

颜朗陪着妹妹和警察们一一打了招呼，准备离开，老警察提醒她注意休息，头部受了伤不要掉以轻心。童岸跟在他们身后出了门，刚走两步，走在前面的颜艺突然折返，直直地朝他而来。

"七年前你一声不吭就消失了，你究竟去哪儿了？"

颜艺的眼睛里有着说不出的愤慨："为了找你，我一攒下钱就买去英国的机票，红眼航班，多辛苦你知道吗？为了找你，黑遍了英国所有可能跟你相关企业的网站，想找出你的下落，我都被英国警方盯上了，你说，你去哪儿了？"

颜艺指着他，用她知道的最恶毒的语言，把多年来心里的积怨全都发泄出来，气愤得浑身颤抖："浑蛋，你说话啊，你说啊，你满意了吗，看我被人抽耳光的时候你心里很爽是吗？"

她脸上有恍惚的笑，可喊叫的时候明明是要哭的样子，颜朗看得心疼，上前几步抱住妹妹，对童岸说："赶紧滚吧，非得看她死在你眼前就开心了？"

童岸一言不发，走到路口，伸手拦了一辆出租，消失在滚滚的车流中。

他不想见任何人，也不想多说一句话，他只想湮没在人潮中。

颜朗本想让颜艺在家休息几天，颜艺拒绝了，轻伤不下火

线，马上就要和Season的负责人见面，颜艺和老费要做的准备太多，现在不是休息的时候

颜朗在家多待了两天，没出去浪荡，颜艺还有些不习惯。临出差前的那个晚上，颜朗招呼颜艺坐下来，似乎有话想说。

他俩多年相依为命，自然比一般的兄妹更亲近。颜朗长得英气利落，南美洲的冬风吹得他脸上的线条更加的清晰，但是今天他的眼神里，有不一样的东西。

她知道哥哥想说什么，不过是老一套，颜艺本想用几句话打发了他，不想颜朗在裤袋里掏出一个东西，郑重其事地交到颜艺的手上。

是一串钥匙形状的水晶挂饰，明晃晃的，在灯光的映射下闪闪发亮。

颜艺睁大眼睛不解地看着他，颜朗笑了："你的浑不懔哥哥送你的生日大礼，是一套期房，地点还不错，离泰格也不算远，马上就要交房了，就当给你置办嫁妆了。"

颜艺有些意外，颜朗继续说："也许未来有个男人会送你钻戒、汽车，可能也会送你房子，但是你记住，哥哥能送你一个永远可以依靠的娘家。"

颜艺想笑，可是看着颜朗的脸，喉头不由得哽咽，一幕幕往事又涌上心头，鼻尖的酸意传达到眼窝，挤出的笑容很难看。

颜朗笑着刮了一下她的鼻梁，打趣道："丑死了，有了房子是好事啊，再有人给你介绍男朋友的话，咱们的底气也足了。"

"我才不要什么男朋友，我宁愿一辈子跟你住在一起。"颜艺闷在哥哥的怀里，瓮声瓮气地说。

颜朗哈哈大笑："哥哥可受不了你一天到晚唠叨，你有那个

精力，实打实地找一个对你好的男人才是正经事。”

他让颜艺抬起头，摸了摸她的头发，郑重地道：“忘了童岸吧，就当他死了，你会好受点儿。”

钥匙的齿尖被颜艺深深地握进手掌里，一点也不疼，比不过童岸漠然的眼神，更让人锥心刺骨。

颜艺看着窗外星星点点的火光，像是在梦呓：“我没当他死了，我一直都觉得，死的那个人是我，我是死后重生而已。”

如果要忘记一些不开心的事，对于颜艺来说，最好的办法就是寄情于工作，毕竟工作带给一个女人的回报，是实打实可以看见的。

颜艺不想再纠结童岸时隔多年后又现身这件事，她现在不知道两个人停留在什么样的关系和立场上，不如以守为攻，再加上老费对和Season的合作抱有很高的期待，颜艺也知道这次的项目如果顺利，对泰格的发展大有好处，她不敢掉以轻心，毕竟她也是泰格的掌门人之一。

没有啃不掉的骨头，只有不够硬的牙齿，这是颜艺恪守的信条，和老费在办公室里讨论来讨论去，技术总监们来了又走，也没有结果。津洲市已经进入一年之中最难熬的伏天，从老费20楼办公室宽大明亮的落地窗看向外面繁华街道上滚滚的车流，颜艺真是觉得心累身累。

老费赶她回家休息，说合作的事情不是一天两天就能急出来的，慢慢来，办法总比困难多。颜艺稍觉安慰，大战当前依旧不慌不乱，这是她欣赏老费的地方。

颜艺坐在车里，不知道怎么打发接下来的几个小时，手机在微暗的车厢里闪烁着，是某个明星豪华婚礼的推送新闻，颜艺想起一个人，有了主意。

刚下了一场手术的骆雯，对着电话那头颜艺的召唤有气无力地翻了个白眼："喂，我刚修补完一条破裂的直肠啊，世界上哪有你这样的朋友啊，不行，我不去，我脑子不好使了，不能喝酒。"

电话那头是颜艺乐不可支地说："你那点儿脑细胞早就修复好了，我脑震荡都不怕，再说了，有我在，你怕什么，我说没事就没事。今天晚上，老地方，一醉方休！"

"不去！"骆雯很坚决，"我喝不过你，怕死！"

电话那头的声音沉寂下来，再响起时，颜艺已经换了口吻："你还想不想让我当伴娘？你的婚纱还要不要我帮你挑？你是不是准备换个比我给的红包小的伴娘？"

骆雯马上嬉皮笑脸起来："老地方？Helen？"

颜艺敲敲方向盘："不见不散。"

世事难料，谁会想到当年那个爱看花美男的小女生，如今竟然十年苦读成了一名外科医生。在国外读书的时候，骆雯经常在越洋电话里向颜艺大倒苦水，留学生活太枯燥，教授很暴躁，合租一套公寓的西班牙女孩有狐臭，她恨不得等对方熟睡的时候给她来个局麻，切了大汗腺，一了百了，听得颜艺都在电话这头笑得直喷眼泪。

而现在连骆雯也要尘埃落定了。

骆雯是她为数不多的好友之一，她能够幸福，颜艺从心底为她感到高兴。

骆雯匆匆赶到那家叫“Helen”的西餐酒吧时，颜艺已经在吧台边上自斟自饮了半天，看见她进来，咧着嘴傻笑。

这里是她俩约会的大本营，楼下西餐楼上酒吧，通透到底的落地窗，外面临着荡漾的环城河，是个能聊聊私密心事的好去处。

一见她喝成这个样子骆雯就皱眉：“我提醒过你，你要做脑震荡复查的，那天被人打傻了是吗……别跟我嬉皮笑脸的，”她劈手要夺她的杯子，“那天要不是我当值，你能那么快做了CT？你就这么感谢我啊，哎呀你个酒鬼，别喝了听我说完！”

“你喝点什么？”颜艺晃晃手里的杯子，兴致不低，她嗜酒，这是很少人知道的秘密。今天她难得穿了一条湖蓝色的连衣裙，虽然还是中规中矩的样式，但鲜亮的颜色映衬得肌肤格外娇嫩。

“苏打水，”骆雯不管颜艺要杀死人的表情，“万一医院呼叫我不能醉醺醺地上手术台。”

“放心吧不会的，”颜艺接过服务生送过来的水，递给骆雯，神秘地说，“今天必须出来喝个大的，因为我大白天遇见鬼了”，颜艺的表情讳莫如深，骆雯支起耳朵等她的下一句，以为她要讲的是个灵异故事。

“童岸回来了。”

骆雯愣怔了一下，接过水杯的手悬在了半空，这个名字，对她来说，不亚于夏日晴空里的一道闪电。

骆雯让那个名字在脑海里沉浮了一会儿，才幽幽地说：“原来他还活着，活着就好。”

“要不说还是你比我有福气呢，薛司宇多好啊，相貌端庄，品行良好，家世优渥，挣得多，待你好。”颜艺摇摇酒杯里的液体，已经前言不接后语了，“你的命比我好，我羡慕死你了……我是个孤儿，这就够惨的了，更惨的是，我还得一辈子单着。”

颜艺偏着头看着窗外华灯初上的夜景，淡淡一笑：“骆雯你知道吗，”她的眼里有轻如烟渺的薄雾升起，“那天我被人抽了一个耳光，就是抽出脑震荡那次，他就站在那里看着，比个陌生人还要淡定，我佩服他的定力，要不是恨我和我哥到骨子里了，他不会这么沉得住气。”

“你们两个之间，说不上谁对谁错，只是误会太深了。”

“不，不是误会，是我活该。”

颜艺摆弄着手里的酒杯，清亮的酒水映得她眼波流转：“我和颜朗欠他的，这是我们的良心债，也许我哥不这么认为，他觉得童志国是罪有应得，但我知道，从那天起，童岸就失去了在这个世界上最疼他的亲人了。”

骆雯的眼里有点点的光，颜艺不看她，一杯一杯不停地自斟自饮，两腮早已是醉人的酡红。颜艺低头看看酒杯，已经空了，刚想伸手叫服务生过来，却发现一张熟悉的面孔笑着迎了上来。

“真巧啊，在这儿也能遇到你。”男生眉眼爽朗，笑起来很好看。

（4）

颜艺出事故那天，陈慕阳正在外地出差，等他回之后，去颜艺工作的地方找她，她不在，嘴快的前台小姐被他用一盒高级巧克力收买，竹筒倒豆子，一五一十地说了。

当他听说颜艺被对方打成了轻微脑震荡后，气得额头上的青筋都绷了起来，恨不能立时替她去出这口恶气。

尚未等到颜艺回来，队长老冯的一个紧急电话把他唤回队里，远在几百里之外的一个城市刚破获一起走私进口汽车的案件，查封了数目不小的车和配件。引起老冯注意的是，配件和517专案查获的，无论从品牌还是类型上，基本是一致的，说明他们上次查获那起之后，杜学富等人转移了销售渠道，兔子不吃窝边草了，他们以为不在周边搞小动作，就万事大吉了。

老冯说，上级已经指示了，由于已经有特情人员打入了内部，所以一切行动不能打草惊蛇，争取在掌握足够的证据之后，一次性端掉这个窝点。陈慕阳的脸上，少有地凝重起来。

陈慕阳在工作上花费的心思一多，对陈母的警惕性就放松了。

下午正在单位值班，陈母一个电话打过来，说她托朋友的孩子从国外带来姥姥需要的高血压药，让他去拿。陈慕阳不知道这是圈套，而且对方的名字看起来像个男孩，就心无旁骛地去取药。

谁知对方是个年轻的女孩，站在大楼门口害羞得都不敢看他，一张嘴就是“阿姨跟我妈提到你……”，陈慕阳秒懂，又不能甩甩袖子把人家扔在这儿自己溜，只好硬着头皮带着女孩去吃个饭。

他这辈子最讨厌的东西，英语算一个，相亲算另外一个。

他这顿饭吃得心不在焉，对面的女孩妆画得很精致，皮肤白白的，身材略丰满，上身的曲线在暗色的灯光下勾勒得一览无余，胸前的起伏也很诱惑。女孩脸上挂着温柔的笑容，和他说着国外留学的生活，陈慕阳听得直发困，使劲忍住一波波涌上来的睡意。

直到听到女孩嘴里吐出第二十一个他根本听不懂的英语单词，陈慕阳恶作剧般微笑着，开始讲述自己的工作情况。

曾经半夜查走私团伙，他们身上带着土枪；还有查抄一次印制假钞的地下工厂，对方差点用绳子勒死他；还有一次……女孩适时地打断了他。陈慕阳看着女孩瞬间变得晦暗的脸色，唇角有一丝不易察觉的笑。

他上洗手间的时候，发现了坐在楼上吧台旁那个清瘦的身影，这顿饭才不感觉味同嚼蜡。终于熬到女孩提出要先回家，外面开始下雨，他礼貌性地准备送她，女孩很客气地拒绝了，自己打车回去了。

成功地毁掉一场相亲，陈慕阳很满意，他坐在位子上把面前的食物吃干净，然后不紧不慢地走过去，笑着和颜艺打招呼。

陈慕阳一口灿烂洁白的牙齿让骆雯心生好感，她在桌子底下用脚踢踢颜艺，又冲她眨眨眼睛，颜艺睁大茫然的双眼，手中的酒早已让店家换成了独有的私酿。

颜艺看着眼前站着的陈慕阳，灯光昏暗，一时没认出来，笑着冲他摇摇摆摆地挥挥手，咧嘴一笑：“咦，骆雯快看，有小鲜肉！你最爱的那一款！”

陈慕阳没好气地夺过她的杯子：“醉鬼，我你都不认识了，”他指着自己的鼻子，一字一顿大声说，“陈、慕、阳，忘了啊？”

骆雯颇有笑意地看着颜艺瞪着大眼，上下打量着眼前这个帅气的男孩，陈慕阳脸上有一种不可思议的表情，骆雯赶紧撇清自己：“我没劝她喝，她自己喝着喝着大了。”

陈慕阳抱歉地对骆雯笑笑，转身继续指着鼻子闻颜艺：“真的不认识我了，你那车谁给你提出来的？”

颜艺夸张地一拍脑门：“我知道你是谁了！”

陈慕阳长舒一口气：“还算你有良心。”没想到颜艺接下来的一句话就让他大吃一惊。

“你是机场海关查我行李的，对，就是你，上次说我带回来的护肤品太多，你是坏人！”

骆雯看着陈慕阳气急败坏的样子想笑，又觉得不该笑。她看看时间，已经晚上十一点半了，外面的雨下得不小，她也该回去了。骆雯看看颜艺醉得晕头转向的样子，为难地看着陈慕阳，陈慕阳立刻心领神会：“我送她回去，”又怕骆雯不放心，掏出自己的警官证，“这是我的警号，这样可以放心了吗？”

骆雯笑笑，陈慕阳对颜艺的在乎尽收眼底，这么多年了，她的身边也该出现一位对她呵护备至的男人了，骆雯甚至想，颜艺如果能自私一点，能薄情一点，不再坚守那一点点虚幻的希望，也许她会更幸福。

人嘛，尤其是女人，能有几个七年虚度在爱情身上？再美好再迷恋，午夜梦回之际，还是会留恋身畔触手可及的那一丝体温带来的温暖。

骆雯笑着把那张证件推还给陈慕阳，陈慕阳不多话，从颜艺的包里找出车钥匙，向骆雯挥手告别，半扶半抱地架起颜艺往外走。他怕外面雨大淋湿了她，借了店里一把伞，又把身上的外衣脱下来，披在颜艺的身上。

他扶着她，尽力护住她周全，走进夜半天地同色的大雨之中。

天气预报说今天夜里会有雨，陈慕阳没想到雨会下得这么大，颜艺的车停在Helen所在的大厦的室外停车场，等他们找到车子，陈慕阳的半边身子都已经被浇透了。

颜艺跌跌撞撞地随着他的脚步勉强蹭到车边，打开车门挣扎了半天也钻不进车里。陈慕阳一手举伞，一手赶紧挡住车门的顶框，怕她没轻没重地撞疼了自己。

颜艺在副驾驶座上坐好，陈慕阳发动车子往前开，刚驶过一个路口，再扭头一看，颜艺歪在一边昏睡过去。陈慕阳手忙脚乱地在她的车载导航上找出地址，没开多久，陈慕阳的电话响了。

是老冯，问本该值班的陈慕阳又到哪儿撒欢儿去了。陈慕阳心里一惊，忘了跟他交接班的是队长老冯，嘴上磕磕巴巴地应对着。偏巧这个时候颜艺半睡不醒之前，低低地说：“水、水……”

那边老冯似乎听到了，叹口气，队里的小伙子们能找着女朋友不容易，他只好睁一只眼闭一只眼。

“溜号的事我就不跟你计较了，但是你还得赶紧来一趟，分局这边有紧急情况，赶紧归队！”

陈慕阳一听，知道今夜肯定有大事，再扭脸看看又闭上了双眼的颜艺，外面下着大雨，一个醉酒的女孩子，他实在不放心把她放下。

陈慕阳看看外面，跟老冯说：“队长，我现在的位置离分局近，我还是直接到分局跟你们会和吧。”

老冯不再说什么，叮嘱了他小心开车后就挂掉了电话。陈慕阳看颜艺又睡着了，调转车头，向分局所在地驶去。

津洲市多少年没见过这么暴烈的雨了，雨水砸在车窗上，雨刷器摇摆得像是风中抖动的树枝，很难看清眼前的路。水流成河，车轮驶过之处，激起的水浪和车一般高。

童岸中午吃完饭回到修理厂，杜老板让他去城西给一家车行送个零件，那家店主是杜老板拜把子的兄弟，送件外加收些款项回来，这样的活计，交给童岸比较放心。

但在杜老板的心里，童岸是个永远让他琢磨不透的年轻人。

半年前杜老板店里缺修理工，女儿杜薇带了个男孩回来，说这小子是干这一行的，非得让他收下来。杜老板看童岸的第一眼，以为是杜薇在外边玩儿结交的小男友，女儿一向爱帅哥，做老爸的也没法管。

没想到这个眉英目朗、干净清秀的男孩一上手就让整个车行的人刮目相看，无论伤成什么样的车，在他的手里都能妥帖地拾掇好。

这小子还有一手绝活，懂车，尤其是好车、豪车、进口车，车厂里的小伙子们看个豪车，也就超跑，最多加个劳斯莱斯和宾利，童岸是连奔驰的各种改装，AMG、巴博斯、宝马阿尔宾娜、劳斯莱斯各款的动力总成来源，科尼塞克的发动机技术来源等都了如指掌。童岸平时话很少，只有问他这些时，一向沉默寡言的他才愿意多说两句，如果想打听他的身世背景，他只是淡漠地告诉别人，本市人，没上过学，爹妈都没了，再无多言。

杜老板根本不信童岸所说的，但这挡不住他对这小子的喜欢，这种喜欢有一种惜才之情，所以他能容忍童岸在修理厂里格格不入和左军对他看不顺眼的抱怨，也能对杜薇没皮没脸地倒贴童岸睁一只眼闭一只眼。

童岸的沉稳他很喜欢，童岸的手艺他也叹服，但是不知为什么，他觉得这个外表看上去沉默寡言的男孩，总有一种说不清道不明的神秘感。

他说自己没上过学，很小就出来打工，但是对很多进口车了如指掌，这不是普通家境的孩子能做到的。他不喜欢和女孩子在一起厮混，杜薇天天黏着他，买了各种东西巴结他，他不收不要，也从未给过她好脸色。

童岸没有朋友，也从不愿意和修理工们打交道，休息的时候他喜欢坐在角落里，戴着耳机听音乐。刚来的时候有个老师傅看他是个好苗子，提出要收他做徒弟，童岸一句硬邦邦的“不用了，你的技术未必比得上我”就给顶了回去。每天他来去的时间不固定，但是每一台车，大到整车大修，小到更换刹车片，童岸都会一丝不苟地完成，从没有偷奸耍滑的时候。

杜老板自恃活了这么大岁数，见识的人和事都不少了，但像童岸这样莫测的人物，他还是第一次碰见。

左军不止一次在他耳边提醒，非我族类其心必异，这种来路不明的野小子，留着迟早会出事，杜老板思忖再三，既不想硬驳了左军的面子，也不想女儿伤心，只好含糊其辞，说留着再观察观察，不要小题大做，有时间的话找人查查他的底细，如果和条子有关系，就暗地里打发掉。

将近午夜十二点的时候，整个城市被一场大雨灌得如同泡在了水里。童岸开着车从城西往自己住处返回，城市排水系统不畅，一路开过来到处都是积得很深的水。昏黄的街灯在雨中晕染成碗大的灯花，童岸开了远光灯，在暴雨中小心行驶。

开到城西公安分局附近的路口，童岸百无聊赖地等一个漫长的红灯，他无意中往外看了一眼，车身右侧的机非混行道上，一辆红色的福克斯打着双闪，在茫茫的雨夜里格外显眼。

童岸认出了那辆车，他的手指紧紧地握住方向盘，面前的红灯继续读秒，剩下的十秒钟敲击着他的心头，一下又一下。

绿灯亮了，童岸拉动变速杆，一脚油门冲了出去。滂沱的大雨重重地砸在他的车顶上，他努力不去回想刚才驶过那辆车时他回瞥的那一眼里看到了什么。

也许看到的是错觉，一个酷似颜艺的女子半躺在副驾驶座上，大半夜的她一个人在外面干什么，无数的疑问涌上来，又被他生生按下去。

童岸面无表情地继续开他的车，车里的空气很闷，他烦躁地打开收音机，里面的新闻节目正在播报一起越狱逃犯流窜作案的新闻，当童岸听到“抢劫杀害出租车女司机”几个字眼时，再也按捺不住，一个掉头，直奔颜艺而去。

颜艺在车外哗哗的雨声中睡得很安稳，童岸打开右侧车门的时候，甚至听到了她小小的呼噜声。

童岸看她睡得那么香甜，口水挂在嘴角，有些失笑。在他的记忆里，很多时候她都是一副心事重重的样子。他半抱半扶起她，手里的雨伞整个笼住她的身体，尽量不让雨水浇到她。

车窗外暴雨如注，颜艺在哗哗的雨声中悠悠醒来，她发现这不是自己的车，吓得酒醒了一半。她坐起身，借着窗外不甚明亮的路灯，揉揉眼睛看开车的人，只看见一张剃得干干净净的下颌骨，和下巴上那一小块光洁滑嫩的皮肤，线条很漂亮，下颌骨的角度也极为适中。这张脸庞在她的记忆中太深刻了，深刻到哪怕只看见这么一丁点，她也能完整地拼凑出记忆中的少年模样。

“你把车停下，我要回家。”她的语气十分冰冷，两条弯月一样的眉毛紧紧皱着。

童岸不搭理她，颜艺气急败坏，一拳砸在车枕上：“用不着你可怜我，现在装孙子关心我的死活了，当年你跑路的时候考虑过我的感受吗？王八蛋，薄情寡义始乱终弃，说的就是你这样的浑蛋！”

他握着方向盘的双手有些颤抖，颜艺的每一句话都像是匕首，狠狠地扎向他的心窝，最后终于按捺不住，童岸一个急刹车停在路边，想回头让这个女人闭嘴，可是再一看，颜艺酒劲上来，栽歪在后座上，又以一种奇怪的姿势睡了过去。

没有办法跟她计较，每一次都是这样，她可以把他惹到气得要炸了，他却拿颜艺无可奈何。童岸叹口气，她这样睡着会着凉，他脱下自己的衬衫，小心地搭在颜艺的身上，刚要发动车子，颜艺的手机响了。他拿起看了一眼，是陈慕阳，心里一声冷笑，伸手按了关机键。

背着一个喝醉了的女人爬上四楼，饶是童岸这样能干体力活的男人也累得直喘气。他住的地方是个破旧的老小区，回来得晚，车子停不进来，于是他只好将熟睡的颜艺背起来，趟过已经成海的积水，一步一步摸黑蹒跚着爬到家门口。

童岸踢开门口堆着的杂物，伸手在口袋里掏钥匙，找了半天什么也没找到，心里一惊，难道是换工作服的时候掉出来了？再仔细找，还是没有。童岸有些心急，背上还有个活人，这么大的雨，又是半夜，上哪儿待着都不是个办法。

正在心急火燎的时刻，醉醺醺的颜艺睁开蒙眬的眼睛：“我这儿是在哪儿啊？”

童岸没好气地回答她：“睦华里，我住的地方。”

“睦华里？我怎么到这儿来了？”颜艺丈二和尚摸不着头脑。

“你胳膊要把我勒死了，松开点儿我喘不上气。”话虽这么说，但童岸却没有放下她的意思。

“那为什么不进去？”颜艺终于问出了一个应景的问题。

童岸依旧是一张看不出表情的脸，许久之后才说：“……我好像忘记带钥匙了……”

颜艺一听，伸手朝老式防盗门旁边一个废弃的报箱一指：“七年前我在那里藏了你家的大门钥匙，不知道还在不在。”说完自己从童岸背上溜下来。

童岸将信将疑地走过去，拽开报箱已经锈迹斑斑的门。黑漆漆的楼道，借着窗户里漏进来的一点亮光，童岸伸手指进去来回寻摸，终于在一层厚厚的尘土中，发现了一把钥匙。

打开房门，童岸沉默着进卫生间洗澡换衣服，颜艺自己找了个水杯倒水喝，低头一看，还是当年她送他的情侣杯中的一只。她环顾四周，很久没来这里了，房间里面的家具摆设基本没动，还保持着曾经依稀的模样。童岸对她说过，这里是他父母赚了第一桶金后置下的房子，写的是童岸母亲的名字，后来一直是他外祖母在这里住，直到老太太去世。在七年前的那场灭顶之灾中，这所破旧的小单元房，幸运地躲过了一拨拨的债主，成为童家在津洲市仅剩的一点财产。

童岸擦着头发出来，颜艺看着他赤裸精健的上身，脸上不自然地发烫，她把水杯放下，低声说："其实你用不着这样对我……"

他在屋子里面走动着，想找自己的烟和打火机，听见颜艺这么说，身体一僵，嘴上却依旧是若无其事的样子："你多心了，救你回来只是出于本能，对我来说，是你还是别人，没有什么区别。"

他眉角一翘，手里把玩着打火机，不急于点烟："你酒品太差，没这个本事就别学别人借酒浇愁，你喝醉了怪难看的，"说着，他嘴角一弯，有一丝冷笑，"万一把自己喝死了，你哥会想，完蛋了，我身边的女人，果然没一个有好下场。"

喉头一股酸涩的滋味涌上来，颜艺原以为自己会愤怒，可她的手无力地握紧，又放下，童岸的话重重地敲在她的心上，她受不了这样的羞辱，默默地放下手里的杯子，脚下酸软，站起来的时候有些挣扎："我不打扰了，这就走。"

童岸看见她摇摇摆摆的样子，心里有些不是滋味，索性转过身去不看她，专心点烟，却几次打不着手里的火苗。

颜艺一手拉开门闩正要出去，童岸的手机响起，他看都没看，伸手关掉，来电话的人不死心，接着又打来，这次他任由手机响着，直到对方自己挂断。

这个铃声、这段旋律，让颜艺怔住了。她收回握在门把上的手，转身看向那双曾经最熟悉的眼眸："如果我现在对你来说什么都不是了，为什么你的手机铃声还是那首曲子？"

童岸没有想到颜艺会问出这句话，手指被火苗一撩，疼得他皱了眉，他有些心虚，却只能装出无所谓的样子：“铃声代表不了什么，是你自作多情了。”

颜艺根本不相信，童岸任何一丝细微的情绪、他眼底的慌乱，都是她早已熟悉的：“那行车记录仪是怎么回事？我自作多情，你也强不到哪儿去，是对我旧情难忘吧？”

童岸愈加紧张，颜艺回身一步步逼到他的面前，一双剪水黑瞳几乎要看到他的灵魂里去。

他什么也不能说，说了就等于认输，于是慌乱地别转过脸，颜艺目光灼灼，始终不放过他。

“还有，这件衣服是怎么回事？”她指着挂在门后的一件黑色连帽衫，“夜里我被人跟踪，也是你干的吧？当时你穿的就是这件衣服，你以为我认不出来吗，我记性好得很！你说，你大半夜的跟着我，想干什么，别告诉我你惦记着我那一篮子螃蟹！”颜艺咄咄逼人，不给他片刻思考的时间。

手机再次不知死活地响起，童岸看都没看，直接抓过来用最快的速度挂断。他冲到门口，把那件衣服从挂钩上扯下来，塞进衣柜。

颜艺慢慢地走过去，伸出双臂，从背后抱住了他。

贴着他的身体的颜艺在颤抖，童岸任由她这样抱着，屋子里面一片寂静，谁也没有再说什么。

沉默了许久，颜艺的声音像梦呓一样从他的背后传来：“童岸，我等这一天，等了七年，每次做梦梦见你，我都很开心，我不敢醒，也不敢再睡觉，一闭眼就是你的身影在眼前晃，我特别害怕，怕你真出了什么事……”

童岸的后背紧贴在颜艺的怀里，她的血液在沸腾，每一根血管都像新生的枝丫一样在暗夜里伸展。童岸松开她的双手，回身微微俯身看她，他的眼睛就那么直直地看着颜艺，眨都不眨一下，长长的睫毛微微颤动，眼梢眉底透着几分说不出来的阴沉和邪性。

她微微侧过脸，想要躲开这致命的空气，不想正对上童岸嗅寻的鼻尖，他像一只深夜里出没的兽，而颜艺，是他饥渴时随时任他宰割的羔羊。童岸的鼻息在她的颈侧缭绕，带着清新得如同薄荷牙膏一样的荷尔蒙气息，在黑暗中无端地躁动。

童岸一言不发，突然间打横里抱起她，重重地扔在床上，颜艺一声低低地惊呼，挣扎着要起身，童岸比她动作快，迅速地压在了她的身上，她无法阻止童岸已经开始上下摸索的手，她的理智告诉她，赶紧逃出来，再陷进去连骨头渣都会被他嚼干净，可是她就像一艘在暴风雨中失去了航向的船，任自己逐渐沉没在他臂弯的海洋里。

童岸的唇在她光洁的裸背上游走，她身体上的每一个小小的标志他都了如指掌。她单薄的肩胛骨，她颈后正中的那颗黑痣，她胸骨上面诱人的起伏，他曾在每一个孤独的夜里凭记忆细细把玩，她是他所有情欲的起点和归途。

卧室的那张大床年头已久，两个人的体重压上去发出嘎吱嘎吱的声响，在没开灯的房间里，盖不住两人越来越重的喘息。

意乱情迷之际，颜艺微喘着喃喃自语："我等了你七年……"

童岸忍着即将炸裂的欲望，回应她："我知道……"

她的衣衫褪尽，在透进来的路灯的掩映下，撩拨得童岸一时一刻都不肯离开她滚烫发热的身体。颜艺在意识尚未彻底沉沦之际，挣扎着半坐起来，双手将童岸的脸捧在双手之中，他脸上依旧还有七年前那个少年剑眉星目的模样。

颜艺的身体似乎一时浮在云端，一时又被冲上浪尖，童岸的骨骼和肌肉，仿佛是为她的身体打造的，引领着她走向未知的旅途。

天色慢慢亮起来，是梦还是醉，颜艺已经不能分辨，可耳畔传来的体温和心跳，再次提醒她这一切不是她的幻觉。

“不要再离开我了，这些年我都不知道自己是怎么熬过来的。”她喃喃地说。

童岸没有作声，他的头靠在墙壁上，手里的烟静静地燃着，他下意识地伸过手臂，将她往怀里揽了揽。

颜艺心里觉得发暖，将自己更深地扎进童岸怀里。她抬头看看他：“过去的事就让它过去吧，我们可以重新开始。也请你原谅颜朗，在那件事情里我们都是受害者，也包括我哥，这几年他也一直生活在痛苦之中……”

童岸听不得这话，他刚刚融化的心再次凛冽起来。眼前楚楚可怜的颜艺，她的目的不过是希望自己可以为了她忘记这血海深仇。她与她哥当年做过的事，想靠跟自己上床来一笔勾销……想到自己的父亲，又想到自己刚刚的所作所为，他感到恶心。还沉浸幸福中的颜艺突然不知发生了什么，只看到童岸愤怒到几乎扭曲的脸孔。

他掐住她小巧的下巴，手上的力度让颜艺疼得想扭开脸：“你觉得跟我上床就能化解你和你哥哥的罪过吗？你这算什么，对我的补偿吗？”

颜艺错愕又委曲："不是你想的那样。我没有做过任何对不起你的事情。我在警察面前所说的每一句证词，都是真实的，我何苦要害你父亲？至于我哥……"

童岸怒火中烧，根本听不进颜艺的话。他一眼发现了颜艺脖子上的项链，老式的龙凤黄金吊坠，那是当年自己妈妈给颜艺的。当年妈妈将她当成未来的儿媳妇，可没想到却选错了对象。

无数根针刺穿心肺的痛楚，漫上胸膛，童岸手上发狠，使出力气拽那根链子，链子的扣结多年没有打开过，重力之下绷得紧紧的，颜艺挣扎，洁白的脖颈被勒出一道血痕。

项链挣开的那一刻，颜艺彻底绝望了，她深吸一口气，忍住酸涩的眼窝里即将涌出的泪，抬起下巴，平静地说："本来就该还给你，是我痴心妄想了七年，你自己拿回去也好。"

看着她慢慢穿戴好衣物，童岸握着项链，低声吼道："你滚吧！别在我眼前出现！"

这一切转变得太快了。她感觉胃一阵痉挛般的痛，蹲在了地上。童岸见了，想去扶，可又马上横下了心，直接背过身去，任凭颜艺自己硬撑着慢慢起身走到了门口。两个人背对背，颜艺忍住胃痛，颤抖地说道："我走了，你保重。"

童岸只听得背后一声关门声，这一声清脆而彻底地剪断了他最后的那点念头。

颜艺跌跌撞撞地走出这个小区，胃里不停地翻涌，她最终按捺不住，抓到路过的一棵树呕吐起来。行人见状纷纷避绕躲闪，他们眼中有厌恶的目光，颜艺苦笑，她现在是世界上最令人讨厌的人。

终于拦到一辆出租车，回到家颜艺发现门口坐着一个男人，是陈慕阳，浑身湿漉漉的他坐着睡着了。想必是找自己找了一宿，颜艺推推他，陈慕阳揉着眼睛醒过来，一见颜艺好好地站在眼前，喜出望外。

颜艺知道他想问什么，抢先告诉他，昨晚有朋友路过，正好把她接走了，手机没电自动关机了，没接到他的电话。陈慕阳忐忑了一夜的心终于落地，不敢责备她，只跟她说要是再没有音讯，自己就要跟队长说组织同事们找人了。

送走陈慕阳，颜艺在卫生间洗澡的时候又接到骆雯的电话，骆雯一通埋怨，这一晚没她的消息自己都担心死了。颜艺自知理亏，只好道歉。骆雯听得出颜艺的疲惫，叮嘱她好好休息，晚些再打给她。

（5）

颜艺酒量再好，也架不住宿醉后泛滥上来的难受劲，于是洗完澡一头栽进自己的大床，连爬起来喝口水的劲头都没了。

正在半梦半醒之际，微信提示有人要加她好友，颜艺抬眼一看，是个陌生人，胡乱拒绝后继续陷入甜梦乡，那人不死心，再次发送请求，申请信息写得很简单——“午夜飞行，广州，潘悦安。”头像是一个穿灰色连帽卫衣的女孩背影，是她那天在机场的照片。

颜艺困顿之下，依旧凭借强大的记忆在脑海中搜索出了对方仅有的信息，问题是，她并没有给他任何个人信息，难倒是小贾或者是汪妍，不对，他们没有这个胆量。

颜艺依旧拒绝，不过回了一句“？”，明白人自然会明白她的意思。

对方的回复很快：“上个星期采访过你的晚报记者潘悦倩，是我堂姐。”

一切都了然了，津洲市晚报有个栏目，专门采访在某个领域事业有成的年轻女性，颜艺作为IT行业小有名气的代表，自然是逃不了，采访完毕后她也没留意晚报发行的情况，毕竟现在传统媒体没有以前那么大的影响力了，但是凭借晚报上刊登的那幅清晰的半身像，打听到颜艺的个人信息并不难。

颜艺想到这里没有好脾气，自己的通讯方式流落到陌生人手里，让她觉得别扭。还未等发作，手机铃声响起，颜艺看到陌生号码，本不想接，又怕是公司的事，只好仰躺在床上，有气无力地喂了一声。

而这一声，听在潘悦安的耳朵里，却是别有一番娇慵的滋味，他轻笑：“我先说句抱歉，本来以为那天你会回赐我一张名片，但是你似乎不喜欢陌生人的打扰，所以在发现堂姐和你有工作上的联系时，我只好死皮赖脸地胡乱应下所有的不平等要求，来换得你的手机号码。”

颜艺冷笑：“你既然知道我不喜欢陌生人的打扰，还敢来纠缠，就不怕我报复？”

潘悦安微微一笑：“我不介意女孩子的粉拳落在我皮糙肉厚的身上，对于我来说这是享受。”

“不，你不会觉得是享受，你只会后悔惹了我。”她的语气不是调侃，“当年，我的一个好朋友在英国留学，和老外打街头篮球，因为占了上风，被对方下黑手，差点骨折，我替他出气，黑进去对方家里的电脑，把老外他爸招嫖的信息发到了他妈妈的邮箱。所以，我想提醒你，我的报复会很有效，因为我对我的技术很自信。”

她想起与童岸有关的往事，微微失神。

对面传来男人爽朗的大笑：“我的身家和历史都很清白，你抓不到我的小辫子，倒是我很擅长分析一些不可见人的账目，比如公司财务报表里的猫腻，还有打着公司文体活动的名号开出来的高档咖啡馆的消费，可能小颜总也会有所忌惮吧。”

颜艺困得实在不想听他再啰唆下去，她毫不掩饰地打了一个哈欠：“对不住，眼皮打架，撑不住了，有时间再聊。”不等对方反应，果断地挂了电话。睡觉大过天，谁也不能扰了她的好眠，有一张俊脸也不行。

那边潘悦安手里握着瞬间失声的手机，愣了几秒，无奈地笑出来。

颜艺悠悠醒来时已经是下午两点，她坐在床上半天回不过神，昨夜仿佛一场春秋大梦，梦里的人和事清晰得不真实。暑热的天气，在外面稍走两步就是一身的汗，颜艺进了凉爽的办公室，坐定喝水，小项把需要她看的文件拿过来，准确快速地汇报，然后满脸桃花色地拔腿就要往外奔。

小项是个稳重得体的姑娘，放平时断然不会有这样的举动，颜艺用她的时间不短了，对助理的心理状态还是很了解的，颜艺敲敲桌子：“今天这是怎么了，着急忙慌的，我还没问完你跑什么，老费要单独给你发奖金啊？”

小项一个娇嗔的眼神飘过来：“哎呀，小颜总真讨厌，要是费总喊我我真不至于的……”她奔回颜艺的桌边，神神秘秘的，压低了声音，颜艺的好奇心也燃了起来，伸直了耳朵听。

“不对，小颜总你是不会感兴趣的，跟你说也没用。”小项欲言又止。

颜艺抓住小项：“我是这个公司的副总，我当然有权利知道这个公司里的一切八卦，快说，不说我就留你陪我加通宵班！”

小项只好俯身贴近颜艺的耳朵：“刚才，我们看见一个特别特别帅的帅哥进了费总的办公室，真的特别有型有范儿。汪妍和小夏她们都在玻璃窗那儿看过了，激动得不行，就差我还没去呢，再不去万一人家走了怎么办？”

颜艺一听就要晕过去了，什么样的妖孽敢来泰格扰乱军心，连忠诚可靠的小项，都要不管她这个上司颠颠儿地跑过去，让别人知道了，她的颜面何在？

小项看着颜艺不出声，脸上的表情却是变了又变，不顾死活地问：“小颜总，还有事吗，没事我要去围观了！”

颜艺无力地挥手打发她赶紧消失，小项快要出办公室前，想起一事，赶紧报告：“上午有人快递给您一个纸盒，打您的手机关机，我就替您签收了，就放在您的办公桌下。”

颜艺顺着小项指的方向看过去，脚下果然有一个原色纸盒，她拿起来打开一看，心里低低地一声惊叫，原来是她那日遗落在机场的羊绒围巾。

围巾被细心地折好，用缎带束起，上面别了一张名片，细看，空白处有一行小字：“知道你不会保管好，再送你一张，重新郑重地介绍我自己。P.s.请加我微信。”

名片上印的是潘悦安的大名，颜艺笑笑，这下她不得不把“潘悦安”收入自己的微信联系人里，那边仿佛一直在等她，第一时间通过了她的申请。

正在犹豫是否发个笑脸以示感激，老费打电话让颜艺来办公室一下，她给潘悦安留言，“有机会一定要好好谢谢你”，才三步并作两步地朝老费办公室走去。

老费的办公室占据了这半层楼最佳的位置，宽大的玻璃窗直视外面风景绝佳的临河公园，为了平衡总监们的心理，在颜艺的要求下，老费的办公室临大厅的一面，做成了透明玻璃隔断，这样老费就不能在里面偷懒逍遥，要随时接受大家的监督，实在有需要，可以把卷帘放下来，但是不能超过办公时间的三分之一。

颜艺快走到办公室的时候，围在玻璃隔断外面高大植物后面的几个女生赶紧作鸟兽散。颜艺不明就里，推门就进，结果被优哉游哉地坐在宽大沙发上的颜朗吓了一跳。

颜朗的头发打理得清清爽爽，一看就是在价格不菲的店里做的，穿了一件颜色极淡的短袖Polo衫和一条裁剪得当的浅灰色亚麻裤子，看上去干净妥帖，他端起手里的咖啡，喝了一口：“老费指定要危地马拉的咖啡豆和Cohiba雪茄，我在阿根廷托人帮他买到，特意送来，你说老费应该怎么回报我？”

颜艺长吁一口气，再回头看玻璃隔断外面，又聚上来一批女的，有泰格的前台，还有打扫卫生的大嫂。

颜艺没好气地对颜朗说：“没什么正经事就赶紧走吧，耽误我们多少正事，我们这儿的雌性荷尔蒙都爆表了。”

老费嘿嘿一笑：“先别，我还没说完刚才的话题，正好颜艺也在，跟你们兄妹商量一下。”

颜氏兄妹狐疑地对视一眼，老费装作没看到，继续说：“你也老大不小了，光在南美洲倒腾牛肉牛排也不是个长事，你是金融系毕业的高才生，当年津大的风云人物，干脆来我这儿，帮我管管账，再说自家兄弟，我放心。”

颜朗没回答，帅气地冲窗外笑笑，挥挥手，享受够了帅哥特有的待遇，这才正视老费的邀约。

“我这种蹲过大牢的人，你也敢要？”

老费哈哈大笑：“拿这个吓唬我？你别忘了，颜艺可是泰格的合伙人，你不帮我，也总该来帮帮你妹妹吧？你不要老把你那点儿陈年破事当作逃避的借口，你的实力别人不知道，我还不清楚吗？一句话，来不来，财务副总监的位置要不要？”

话音落下，两个大男人一齐看着颜艺，老费想让她鼓动颜朗，颜朗示意颜艺别跟着起哄，颜艺心知不妙，两人目光灼灼，像是要在她脸上烧出个大洞。

陈慕阳的来电解救了颜艺的尴尬，脸上的烧灼感瞬间褪去，她装作轻松地站起来，晃晃手机：“我有人找，你们慢慢聊。”

颜朗出来的时候，正好碰上在楼下跟颜艺说话的陈慕阳，他站在暗处观察了一会儿，才施施然走出来，陈慕阳赶紧过来打招呼：“颜朗哥，你好，我给颜艺送东西来的。”

他手里提着一个甜品袋子，颜朗一看logo就知道，这家网红甜品店是有名的难排，奇怪的是女孩子们超级买这家的账，排队排到脚酸也必须买到。

幼稚死了，颜朗心里鄙夷，但他还是客气地一笑，不打算聊天，冲颜艺招招手：“我没开车，你送我一趟。”

颜艺觉得奇怪：“你不是新买了车吗，临时牌照又不限号，你蹭我的车干吗？”

颜朗气结：“你能不能在你哥面前装装傻，女孩子那么聪明干吗，不管，今天必须送我，有事跟你说，急事！”

颜艺想起刚才老费的那番话，不知两个人谈得怎么样，只好答应下来，颜朗推着妹妹往车子那里走，陈慕阳赶紧追上来，把手里的袋子塞给颜艺：“生姜拿铁是暖胃的，你趁热喝，那个慕斯蛋糕很有名的，你尝尝看，不喜欢的话下次我给你带别的……”

车子已经转出了停车场，颜朗看着后视镜里陈慕阳失落的脸，有些好笑：“我觉得那小子不适合你，太嫩了，还有点娘炮，”他打开袋子，皱皱鼻子，“这个慕斯里面有威士忌，他是傻子吗，不知道女孩子不能多沾酒精吗？真是的，连这点功夫都下不到，还想追你！”

颜艺也笑：“我不谈恋爱，你着急；有人追我，你又看不上。”

“你心里明白就好，刚才老费跟我说的事，你怎么看？”

颜艺叹口气：“别蹚这个浑水，据我所知，老费已经动了跟老婆离婚的心思，我们财务总监是老费丈母娘家的侄子，他老婆当年挺着大肚子要挟来的。如果你空降进来，将会是老费的一杆枪，我对老费这个人没有任何意见，换了我也会在第一时间保住自己辛苦打下的海山，但是我不希望你牵扯进来，没有意义。”

颜朗听完颜艺的分析，暂时失声，过了好一会儿才开口：“老费帮我们很多，这个时候如果不拉他一把，我良心过不去。”

颜艺停在一个红灯前，转过来看着颜朗：“放心，老费有我呢，泰格不是金融公司，资金链不会卡死我们，我们最大的优势在技术，就算形势坏到泰格保不住了，大不了我和老费再拉起个新公司，照样是两条好汉。”

“我也算是服了他，撩妹撩成老婆，说好了大家都玩够三十五岁再考虑结婚的，结果人家儿子都能帮着打游戏练小号了，可是话说回来，老费为什么要离婚？”

绿灯亮了，颜艺发动车子：“有些事情我也是道听途说，外加自己推理分析的，当年老费新婚后出了趟远差，正好那阵子他老婆的前男友回国，也许是旧情复发，俩人见过面，老费半年前手欠查他老婆的开房记录，结果查出她怀孕前一个月和前男友开过房，老费就蒙了。让他绕不过的问题是，聪聪很有可能不是他血缘意义上的儿子，老费现在也在等鉴定结果。一旦离婚，牵扯到公司股份和财务管理上的事，就麻烦了。这本是他家的家务事，我不应该多嘴，但是现在的形势老费想让你进来，你需要明白其中的缘故。”

颜朗听完愣了一下，攥紧了拳头，狠狠地骂了一句：“我说老费今天总是欲言又止长吁短叹的，原来是不明不白地戴了这么多年的绿帽子……弄死奸夫淫妇都算便宜的！”

他话锋一转，嘴角有不易察觉的笑：“也算我没看走眼，当年他结婚的时候我就警告过他这个女人不是善类，不过你放心，我早就叫老费留了后手，你和他打下的江山，不会有任何的动摇。”

颜朗沉思了一会儿，又低低地开口说道：“有个事情我本来不想让你知道的，但是我想了想，你的生活可能也会受到干扰，我们安定了这么多年，不想再跟那些人纠缠。”

他加重了语气：“你要有个心理准备。”

颜艺眼皮一跳，以为他要说的是童岸的事，不由得抓紧了方向盘，颜朗再开口，说的却不是她最担心的事："奶奶去世了，我说的是和咱们有直系血缘关系的那个奶奶，办葬礼的时候也没通知咱们。"

他接着说："现在问题来了，姑姑想独占她那套房，你知道的，现在郊区的那片房子，在政府开发的范围内，还算值点儿钱，咱俩都是合法继承人，姑姑不可能自己独吞，至少在法律上做不到。"

颜朗的笑容里藏着颜艺看不透的东西："我还猜不透她？津洲就这么大的地方，打听她家的那点儿破事儿太容易了，无非是她儿子要结婚了，未来的儿媳妇指定要一套全新的两居室，她现在手里缺钱，想把老房占了，好周转出来资金买婚房。"

颜艺低着头，把玩着墨镜的边框："她要就给她，我懒得在这种事上跟她打交道，值钱不值钱的，我们现在过得很好，不需要去争这点财产。"

颜朗嘿嘿一笑，伸手揉揉颜艺的脑袋："我就猜你会这么说，我们小颜总可不是见钱眼开的人物，我倒是觉得，不能轻易放弃这次机会，猫还知道捉到耗子之后玩玩儿再吃呢，先得让我爽一下，否则别想从我手里拿走不该她惦记的东西。"

颜朗下车的地方是一家私人会馆，颜艺揶揄他是不是最近玩儿得太大，肾虚得厉害所以补补，颜朗没理会妹妹的玩笑，而是手扶在半开的车窗上，没有打算下车的意思。

"昨天又喝大了吧，你身上的酒味，洗不掉的。"

颜艺没出声，她勾着头，手指拨弄着车钥匙上面的水晶吊坠，一晃一晃的，颜朗叹口气："我就知道，那小子一回来绝对没好事，我不招惹他，他反而还没完了……”

“跟他没关系！”颜艺烦躁地打断哥哥的唠叨，“昨晚和骆雯出来散心，多喝了两杯，我保证以后不会这样了，”她停顿一下，把吊坠死死地握在手心里，硌得生疼，她咬了下唇，似乎像是下了很大的决心，“我跟他从那天起就不可能再有什么了，这个我心里有数，我不是傻子。”

他这个妹妹的脾气，他心里最清楚，只要颜艺打定主意的事情，几乎不可能再更改，颜朗没再说什么，只是叮嘱她夜里早些回家，然后轻松地推开车门，挥了挥手道别。

她调转车头，往公司的方向疾驰而去，有很大的风呼啸着灌进窗户，拍打着她的脸，麻木的疼。

有人说陈年往事可以被遗忘，然而颜艺终于有一天明白，这是错误的，因为往事会自动地浮上来，在每一个清晰的梦境里。

所有的世事，无非是一场凉薄大梦。

颜艺没有回家，她受不了沉重的往事再次袭上心头之后，打开房门一室的暗黑带来的空虚。她逆着下班的人流而上，像是奋力洄游的鱼，只有泰格，才是她的命脉。

又是在电脑前加班到凌晨，颜艺把Season厚厚的调研报告细细阅读，夜里的雨很大，颜艺锁好办公室的门窗，将球棒和防狼喷雾放在身侧，躲进准备好的睡袋，安然入睡。

一切都会好起来的，颜艺，不许害怕，你现在很强大。

童岸回到修理厂时已经是晚上八点多钟，他今晚值夜班，有个熟客的劳斯莱斯出了点小故障，需要马上处理，左军让童岸带上工具和仪器跑一趟。

本来两个小时就收拾好了，童岸抬腕一看手表，时间还来得及，借了附近便利店收银员的手机，给老冯打了电话，要求见面。

两人在路旁的一个烧烤摊碰面，这里客人不算多，他们衣着随意，躲在不起眼的角落里，没人注意他俩。

童岸给老冯看他在修车厂办公室电脑上偷拍下来的照片，一共两张，是进货和出货的账单，其中一张有些失焦，能想象出童岸拍这些照片时的紧张，老冯一张张翻看着，特意放大收货人联系方式的细节，脸色越发凝重起来。

他喃喃地念叨："童岸，你知道你立了多大的功吗？"

童岸没有回答，炙热的自助炭炉在他的面前，烤得他汗珠一颗颗往下砸，他想起去办公室偷拍的那天中午，本来是杜薇占着左军的电脑在打游戏，他装作很感兴趣的样子凑过去旁观，杜薇从不会放过任何和童岸独处的机会，极力邀请他一起玩，童岸抓住这个机会，把手里加了少量泻药的可乐递给杜薇。果不其然，一瓶可乐下去，杜薇不停地往厕所跑，他抓住每一次几分钟的间隔，回忆着老冯教给他的，账目有可能以什么样的方式存在电脑里，他试了试，不得其法，这个电脑是加密的，只有左军和杜老板能打开，杜薇也是求了左军，左军亲自开了电脑之后才离开的，机会千载难逢，错过了，不知什么时候才能再接近这台电脑。

杜薇最后一次离开的时候，童岸终于在一个极为隐蔽的文件夹里找到了关键性的东西，他迫不及待地掏出手机，刚拍了两张，就看见左军急匆匆地推门而入，一脸狐疑地盯着他："你怎么在这儿，谁让你进来的，杜薇呢？"

童岸斟酌着语句，他手心里攥着的手机已然汗湿了一片，他没有想到会撞在左军手里，左军似乎嗅到了什么气息，一步步逼上前："把你手里的东西给我。"

就在这时，杜薇推开门进来，不耐烦地冲左军嚷嚷："我让他进来跟我打游戏的，你这人怎么心眼儿这么小？"

左军冲杜薇使了个眼色，示意她闭嘴，脸色阴沉地盯着童岸："把你的手机放到桌面上。"

童岸知道这一次说什么也躲不过去，他顺从地把手机放在桌子上推给左军，左军拿起来，划开屏幕，仔细检查了一番，相册里只有无关紧要的几张照片，除此什么也没有发现。

杜薇也在旁边看着，她见左军误会了童岸，更是气不打一处来，夺回手机还给童岸："拿着，别理他，天天疑神疑鬼的，就知道狐假虎威。"

童岸默默地收回手机，左军大不自在，虽然没抓到童岸的小辫子，但他根本不相信童岸出现在这里，尤其是杜薇不在的这几分钟里，是个纯属意外的巧合，左军咬牙暗想，你等着，迟早要让你栽在我的手里。

几个月接触下来，左军手腕之黑，童岸有所感受，他不敢想象自己万一暴露之后会是什么样的下场，他有些后怕。

他用来拍照的，是另外一台二手手机，和自己的手机是一个型号。他为这样的时机蓄谋已久，就在左军推门而入的那一刹那，童岸垂下左手，顺势插进工装裤宽大的裤兜，二手手机滑落进兜里，左军拿去查看的，才是童岸自己平时用的手机。

这对他来说不过是雕虫小技，平时玩惯了各种修车工具的人，手上的功夫当然灵巧，再加上他一脸无辜的表情，左军千算万算，也不会料到童岸使的这个障眼法。

童岸回到修理厂，打算把工具放下直接回家，不想一脸困意的小平头说，有个男的等了你很长时间，你前脚走他后脚来的，说是你的老同学。

顺着他指的方向，童岸看见大门外夜色黯淡的地方，有一点猩红色的亮光一闪一暗，暗影里的男子冲童岸挥挥手。

他交代小平头去休息，这里的事他来处理。小平头走后，童岸慢慢踱到那个男人面前，似笑非笑地看着对方。

那个男子摁灭了手里的烟，笑着捶了童岸胸口一下："回来这么长时间，躲在这里也不跟我联系，诚心找揍是吗？"

童岸四下看看，修理厂的人已经准备落下防盗大门，除了值夜班的，该走的都走得差不多，童岸收起警惕的目光，眼睛里换上平和的笑意："我躲到天涯海角，你不也能找到我吗？"

薛司宇嘿嘿一乐："有正事找你，当年说好的，咱俩不管谁结婚，另一个必当伴郎，这个承诺我可记着呢。"

童岸的眼神在夏夜里有了微微的波澜，他当然记得，那个时候他们不过是十八九岁的少年，现在一晃这么多年了，物是人非，可这句承诺，依旧显得那么珍贵。

薛司宇见童岸不说话，他有的是让他开口的办法，他掏出手机，点开一张图片让他看，夜色中手机的亮屏显得格外耀眼，刺得童岸的眼睛有些痛。

画面上的那个女孩他不陌生，藕荷色的伴娘礼服裙，将身段包裹得玲珑有致，尤其是低胸的款式，将她胸前雪白的肌肤展露无余。

童岸将手机丢还给薛司宇，脸上瞬间闪过的异样表情，被他借着夜色很好地掩盖住：“都快结婚的人了，手机里还存着别的女人的照片，小心到嘴的老婆飞了。”

薛司宇笑嘻嘻地装作没看到他脸上一闪而过的不自然：“我内心坦坦荡荡，我老婆对我最放心，才不会乱猜，而且，颜艺的这张伴娘定妆照，还是我老婆传给我的。”

童岸受不了薛司宇一脸幸福状的“我老婆我老婆”个不停，斜睨一眼这个秀恩爱狂人：“所以，你上我这儿找我，给我看颜艺照片的目的是什么？”

薛司宇理直气壮地道：“我的洞房花烛夜不能醉醺醺地过，这是我和骆雯的人生大事，我们还计划抓紧时间造小人呢。你来给我当伴郎，我不想敬酒的时候给灌死。”

童岸摇摇头，表示不敢相信“造小人”三个字，会从眼前这个长身玉立一表人才的银行才俊嘴里说出来，薛司宇逼问得急了，他只是淡淡地回了一句：“红包我会送到，但是婚礼……”

“必须来，谁不来谁是孙子！”

童岸搔搔头发，眼睛看着不知是何处的远方：“不想看到她，心烦。”

薛司宇难得沉默，深吸一口气：“我说这话你可能不爱听，当年你父亲那件事，无论谁站在颜艺的位置，都不好处理，一头是你，一头是她亲哥，换了你，你又能怎么做？”

童岸不说话，给自己点了一支烟，薛司宇说的话他何尝没有问过自己，他是个明白人，却唯独在这件事上不能看开。

“她这几年过得很苦，说了你也不会相信，有钱、年轻、漂亮，追她的人不要太多，可她过得跟个尼姑一样。”薛司宇语气里不无惋惜。

他继续说道：“你要是觉得真不合适再重来，干脆放过她，给她一条生路，颜艺其实也不欠你什么，就是心眼太实诚。”

放过她？这句话让童岸夹烟的手指微微颤抖。

薛司宇抽完最后一口烟，把烟蒂准确无误地投入两三米外的垃圾箱，拍拍手：“反正我是通知到你了，来不来随你吧，我的婚礼上大好青年多得是，随手给她介绍一个，都比你强。”

童岸低头，似乎有话想说，薛司宇耐心地等着，许久，童岸终于幽幽地吐出一句：“不要给她穿那么暴露的裙子。”

薛司宇坏笑：“那要看你的表现了，你要是敢不到场，我就让骆雯给她订制更低胸的款式，我就不信了，你这个醋坛子能受得了！咱们走着瞧！”

（6）

夜间的小雨，带来清晨短暂的凉爽。泰格上班习惯早到的员工，打完卡进到办公大厅，发现小颜总已然整装坐在办公室里，在电脑前手指如飞。

工作永远是她的底气和骄傲。

上午的例会累得筋疲力尽，幸亏昨夜通宵看过Season的分析报告，今天才不至于在管理层的讨论中落得下风。

整间会议室里，除了颜艺之外都是大老爷们儿，一群人争论的焦点是与Season的这次合作，老费的主张是要做Season的外包，投入最少的人力成本，赚到最多的利润，这个建议得到了几个技术主管的支持，毕竟泰格的规模尚未足够壮大，羽翼未丰，能攀上Season这种国际化的互联网大佬实属不易。

但颜艺的想法是，根据她所看到和打听到的消息，Season这两年在技术层面的人才流动性太大，也就是说，养不住人，也许是店大欺客也许是员工另谋高就，这样的后果就是如果泰格承接Season的外包项目，那么Season那几个漏洞多得跟筛子一样的产品会让泰格的技术部门擦很长时间的屁股，颜艺的想法是努力争取与Season进行搜索引擎的技术合作，这才是泰格未来的发展方向，毕竟互联网永远需要搜索引擎。

散会之后，颜艺坐在椅子上不想起身，她对泰格有更大的期望，在她看来，搜索引擎的下一代就是知识库，或者说是一个庞大的数据库，容纳了所有可以记录到的知识，当然，这样知识库的建立需要搜索引擎的支持，甚至建立以后还需要搜索，但是人们搜索的对象只是那个“正确”的知识，未来的搜索引擎，是帮助人们找到这个知识的入口。

可惜没有人能理解她的想法，大家的眼睛里只有怎样能让今年的财务报表更好看，怎么能尽快在新三板上市。颜艺苦笑，却无计可施。

跟钱过不去的人，只有她一个。

颜艺快下班时候接到骆雯电话，那边听起来一片嘈杂。

“替我买个包，回头给你钱，我敬酒时收红包要用的，你看着好看就行。”骆雯简洁明白地提了要求。

“新娘子，这不是你未来老公献殷勤的大好时机吗，我哪有时间给你买包？”

“不管，薛司宇那种直男审美能买来什么样的丑货我还不清楚……我相信你，真的，你的衣服包包都美得炸裂。薛司宇说了，你帮我挑，他买单，我要痛宰他。”骆雯那边不断有人呼喊，似乎在急诊大厅。

买个包不是难事，但是要颜艺自己独立去挑一个适合婚礼的包，确实有难度，这个时候她想到了颜朗。

颜朗不假思索地回复她：“你照着三四万左右买，基本不会买到太难看的，我还忙，自己慢慢挑。”说完利落地挂了电话。

颜艺还是不得要领，但是她有助理小项，小姑娘月薪不高，但是对奢侈品很有研究，两个人在电脑前研究了半天，决定还是去银河广场看看。

颜艺开车带着小助理，直奔津洲市最大的奢侈品购物中心，她不擅长逛街，那些昂贵的衣饰鞋帽都是颜朗的眼光，多亏小项，两个人没走冤枉路，在Dior里买到了合适的羊皮包。

小项把红色的中号戴妃包抱在怀里，笑嘻嘻地问颜艺：“小颜总，你说，大牌包包的味道怎么就这么好闻呢？”

颜艺打趣她：“好闻的不是包包的味道，是人民币燃烧的味道。”

小项两眼放光：“小颜总，我觉得你说得特别有道理，真的是越贵的东西，摸起来闻起来越高贵。”

颜艺笑笑：“因为你要付出很多才能得到，所以才会觉得它哪儿都好。”

小项不罢休：“那人也一样吗，越是得不到追不着的人，才会越觉得拼了命也得得到？”

颜艺愣住了，看似天真单纯的小项问出了她心底最解不开的那个结。

这么简单的道理，她却从来没有，或是有胆量问过自己，她只知道一味地撞上去，用活生生的血肉，撞那个长满荆棘的南墙，一遍遍地，不知疼痛为何物。

所以别人会笑她聪明面孔笨肚肠，蠢到无药可救。只有她自己知道，除了这样，她就真的没有别的办法了。

颜艺的面孔颓败下来，她觉得眼窝酸涩，却没有眼泪，也是，这么多年都已经习惯了，她很少掉泪。

小项难得来这种高档商店，兴致不减，颜艺勉强打起精神去看首饰，要当骆雯的娘家人，总得打扮得当，替她撑起场面。

颜艺正在试戴一副钻石耳环，小项神秘地一拽颜艺："老大，你看那个女生，提着很多购物袋那个，你猜，跟她一起来的男人是谁？"

颜艺望过去，远处的女子站在一家奢侈品珠宝行的门口，举着手机喁喁细语，臂上挎着五六个纸袋，想是血拼得过瘾。

巧的是那张面孔她并不陌生，一张朱唇，涂得娇嫩欲滴，脚上的红底高跟鞋衬得她摇摇欲坠般轻盈。

然后，颜艺看见一个男人从店里出来，带着宠溺的微笑，揽过她的肩膀，两个人亲昵地走开了。

怪不得小项会认识那个男人，颜艺也不曾想到，在这里会碰见颜朗，还有肖潇。

送小项到她家小区门口，颜艺叮嘱她注意安全，小项反而一脸担忧地看着颜艺："老大，你的脸色不太好，是不是胃不舒服，今晚不能熬夜了，要早睡啊。"

颜艺挤出笑容，挥手作别，一踩油门，迅速汇入夜晚的车流中。

她一肚子的疑问，说不出道不明，只能闷在心里。

回家打开房门，她顺手摸廊厅里的顶灯开关，依旧是暗黑一片，停电了。

颜艺返身出门，在楼梯间看了一下外面，小区里灯火通明，应该只有自己家里没电。

她叹口气，打开手机里的手电功能，摸索着去客厅的抽屉里找电卡，里面应该还有十度备用电。

电卡插进电表的瞬间，屋子里重返光明。

颜艺的心情并没有好起来，胃里涨痛，她放回电卡，瞥见抽屉里放着满满的文件袋。最上面粉红色的透明袋子里，装的是颜朗那天给她的购房合同。

她把它抽出来，摊开在茶几上，里面还有首付款的发票，以及商业贷款的相关手续。

颜艺那天心情不好，没有多想，现在只有她一人在家，无数的疑问像碳酸汽水里的气泡，一个一个接连不断地浮上来。

她按捺不住，干脆把抽屉翻了底朝天。里面有她的毕业证书，有颜朗刑满释放通知书的复印件，有颜艺和老费的合伙人协议，她压抑住焦躁的心情，相信她要找的东西，就在这里。

凌晨两点。

浅粉色的纸条，在颜艺的手掌里磋磨得不成样子。

她躺在床上，蜷缩成一团，腹部隐隐作痛，可是她无暇顾及。

她手里是颜朗两年前的工资条，她把脏衣服交给钟点工的时候，在他的裤子口袋中掏出来的，当时他说要贷款买车，颜艺觉得留着可能有用，就随手收进了抽屉。

上面清晰地记录了颜朗当时的工资收入，四千八百元，这是工资，加上他的奖金、出差津贴，以及乱七八糟的杂项，颜艺在心里算了一下，颜朗的平均月收入在一万上下。

就算年终奖很丰厚，按照泰格主管级别的来算，一家进口贸易公司的采购经理，年收入应该在二十五万左右。

颜朗出入的那些高级私人会所，这几年因为工作的原因，颜艺和老费也没少去过，她清楚里面的消费水平。再加上颜朗讲究穿戴，衣物的购置又是一笔开销，他帮颜艺挑的那些衣服包包，看似低调，但没有一件不是大牌，虽然颜艺事后都把钱打给了他，但是颜朗的收入，也不足以支持他的花销。

再加上他刚购置了新车，全算下来加上牌照，也要六十万，他前些日子给颜艺置备下的嫁妆婚房，即使是期房，整体也要将近三百七十万，三成首付，外加利息极高的商贷，这又得多少钱?

心里的数字不断累积，跳动的数字在她的脑海里触目惊心，颜艺感觉自己的腹部像是刺进了一把刀，疼得难受。

他哪儿来这么多的钱？这个念头让她的冷汗下来了。

刚才停车的时候她接到了久未谋面的姑妈的电话，尖刻的声音刮得她脸颊微疼：“颜艺啊，听说你在大公司当老板，你哥跑生意赚得也比我们小老百姓多，说起来手头是不缺钱的，你奶奶那套房子，也值不了几个钱，按理说你们要了也分不着几个钱，对你们有钱人，这点财产都不算什么，你劝劝你哥，把房子让给你表哥好吗，他要结婚的人了，没钱娶不了媳妇的。”

颜艺听了这话，深吸一口气，忍住腹部里越来越尖锐的痛感，喉咙似哽住一样：“我和我哥，财务是分开的，他有他的想法，我没有权利干涉……”

姑妈抓住她话里的把柄：“那你的意思，你是不打算争了?

你能保证吗，你的那份不要了给我们？”

颜艺浑身在出冷汗，痛得把方向盘抓紧，强忍着说：“我现在不太舒服，这种事你直接联系我哥，跟他商量吧。”

姑妈没想到她印象中生性温和的颜艺竟然敢明着顶撞她，气焰瞬间嚣张起来：“你们两个晦气东西，克死爹妈不算，还要霸占祖产，你们就是想把颜家人都克死才甘心吗？啊？没人管教的野玩意，死在外面都没人可怜！活该！”

颜艺的汗顺着鬓角往下淌，她一言不发猛地挂了电话。

颜艺听懂了，颜朗对奶奶的那点遗产死不松口，这让姑妈怒火攻心。她这几年对房地产也有所了解，奶奶家的那个房子，大概有一百来平方米，如果有拆迁补贴的话也值不少钱，奶奶有两个子女，姑妈只能拿走一半，剩下的由颜艺和颜朗平分，算下来也差不多是一百多万。这些钱对于颜艺来说诱惑力不大，她在泰格的年薪和分红远远超过这个数字，如果颜朗有需要，她也乐得给他。现在的疑问是，颜朗对这笔钱咬住了不放，是出于报复心理，还是真有了财政上的危机？

太多的疑问让颜艺越来越不舒服，她强忍着腹部的剧痛，起来给自己倒了杯水，一饮而尽。喝下去的水迅速化成汗珠沁出肌肤，不知是冷还是痛得难以抑制，她蹲在地上抱着双膝打哆嗦。

站不起来，双腿没有力气，颜艺在手机里调出自己当年的病历，快速地扫了两眼，心里有数，于是颤抖着给120打电话。

“我叫颜艺，家住金鼎花园4号楼302，可能是慢性阑尾炎发作，对，有病史，麻烦你们……”

那边问清她家里没人，示意她打开门锁等待救援。颜艺又给颜朗打电话，却始终没人接听，颜艺只好在微信上留言，一字一字按得艰难。

“我阑尾炎复发，已打120，最近的医院……”

颜艺放下电话，用尽力气躺倒在床上。黑夜里的剧痛无限地放大，肆虐进身体的每个细胞，她连呼吸都觉得痛苦。

也许只有疼痛，才能让她感知到自己还活着。过往的一幕幕，都在暗夜里涌到她的面前，死亡、离别、寻找，她只会麻木地活着。颜艺也会微笑，也会生气，也会郁闷，但她再也没有哭到崩溃过，她只会对自己说，颜艺，挺一挺；颜艺，不要怕；颜艺，打起精神来。

痛感陌生又熟悉，像是亲人，也像是爱人，多年前她第一次阑尾炎发作，依偎着的怀抱有着巨大的安全感，仿佛只要躲进那个怀抱，什么都不用害怕，可惜，她把他弄丢了。

颜艺在一波巨大的痛感袭来的时候，终于坚持不住，小声地哭了出来。

有人冲了进来，黑暗里跌跌撞撞地将颜艺一把抱起，转身就往外跑。颜艺在昏厥前，视觉里停留的最后的影像，是颜朗焦急的脸。

她还有这个温暖的怀抱，永远不会弃她而去。

颜艺在夜色中张开手掌，那张粉红色的纸条，逐渐被黑暗吞噬……

她怎么可以怀疑颜朗？她不能这么做。

老冯参加完上午局里的会议，心里说不出什么滋味。这个会议既是前一段打击走私工作的总结会，又是下一步工作的部署会。会上决定了一些重大的事情，从这些决定中，老冯嗅到了一丝不一样的空气。

处长的意思是，不要打草惊蛇，5月17日交易的现场抓捕，以及线人提供的两张账目单子，都是极有价值的，但是不能陶醉在这表面的胜利上，里面值得他们继续挖掘的东西还很多，517专案背后隐藏的实情，可能会超出他们的预想。

根据老冯线下特情人员提供的情报，杜老板的修车厂其实是一个走私进口汽车零件的中转站，至于这些零件是怎么进来的，又是怎么发到其他省市的，关键性的证据并不齐全，尤其是当他们把所有的信息汇总在一起时，就发现少了最为关键性的一处——杜老板的这些走私货，数量之大，肯定有一个仓库，这个仓库在什么地方，这是证据链上重要的一环。如果没有完整而确凿的证据，贸然抓捕，结果就是抓到东西抓不到人，而且就算抓到人，也不能铲草除根。

处长的判断，老冯也认同，津洲市近几年来暗中兴盛的走私汽车零件的风头，和杜老板脱不了干系。津洲市是著名的港口城市，有走私分子青睐的海运优势，如果他们成了气候，对以后控制和打击走私犯罪十分不利，一针不补十针难缝，这个道理大家都明白。

处长看一眼低头沉思的老冯，这个得力的干将此时一言不发，处长接着说：“能不能让这个特情人员，再深入一些、再主动一些？毕竟现在只有他有条件接触修车厂内部，这个优势，对我们来说很宝贵啊。”

老冯心里咯噔一下，面色沉重地听完处长做其他指示，觉得有必要跟领导私下谈一谈。

他把童岸的情况简要地汇报给出处长，特别说明童岸并不像他们以前用过的那些三教九流甚至有案底在身的线人一样，他是正经的汽车技术专家，在海外有大好前途，不可能长时间卧底在车厂，更麻烦的是，杜老板的女儿杜薇看上他了，缠得很紧，修车厂的管理人左军已经对童岸起了疑心，在这样复杂的环境和人际关系中让他再继续深入，恐怕会有危险。

处长沉思了一下，也觉得棘手："陈慕阳这小子你看怎么样，正经警校毕业的，来的时间也不长，脸生，把他换进去，有没有可行性？"

老冯看着远处和同事说笑的陈慕阳，摇摇头："那小子一脸的单纯相，一看就知道不是那回事，用什么方法混进去也有困难，他又不懂修车，硬闯进去，很容易暴露，那咱们这几年的心血和牺牲，就白白浪费了。"

处长皱皱眉头，背着手踱过来踱过去，最后终于拍板："先让你的特情尽量保护自己，这是最重要的，在安全的前提下，尽可能地把调查深入，敢用，也要会用。抓紧时间寻找可以替换线人的队员，毕竟童岸没有任何的经验，他待在宏达车厂的时间越长，暴露的危险越大，至于左军，想想办法，先下手为强，必要的时候清除掉这个障碍。"

老冯郑重地点点头，处长拍拍他的肩膀，离开了。

远处陈慕阳喊他："冯队，嫂子电话，打到座机上来了。"老冯看着那张和童岸差不了几岁的年轻面孔，在阳光下自信张扬，没有生与死的威胁，没有新仇旧恨的压抑，再想到暗夜里那个孤单落魄的身影，心里越发沉重。

睁不开眼，光线透过颜艺薄薄的眼睑传进来，反射到大脑皮层上，告诉她现在是在手术台上，还是已经被推进了电梯。

仿佛一个有着强烈痛感的梦，只是这个梦做得黏腻拖沓，耳畔有医护人员的脚步声，还有颜朗沙哑疲惫的询问。

梦与现实交织在一起，乱得很。

她醒来已经是第二天下午，麻醉的效力还没有过去，伤口上的线别别扭扭地难受，颜艺睁开眼，看见颜朗倚靠在墙上，困倦地盹着，身上的衣服上有烟味，想必是从外面飞奔回来送她去医院，也没顾上洗漱，胡子拉碴的，头发也耷拉下来。

她有些难过，平常看似疏阔肆意的哥哥，在她有危险的时候，总是第一个赶来，颜艺想起昨天自己的举动，心底的愧疚泛滥得更厉害。

骆雯来看她，病房里好几个病号，人来人往的，嘈杂得让人生烦，骆雯抱歉地说："这几天外科手术病号特别多，我也只能帮你安排个多人间，你先委屈两天，术后恢复好的话早点儿出院，我下班就去看你。"

颜艺握住她的手，脸色憔悴："你也快要办婚礼了，事情多，我这儿不怕，好歹有我哥呢。"

颜艺家的情况骆雯很清楚，她也不客气："你现在不能洗澡，今晚我正好夜班，给你擦擦身，三伏天，没人伺候你都要臭死了，这个你哥可帮不了你。"

话音未落，护士长带着两个小护士进来了："15床的病人，颜艺是吗，请配合一下，转个病房。"

颜朗也醒过来，迷迷糊糊地问："为什么要转病房？转到哪儿去？"

护士长见状把骆雯拉到一边，低声说："我也不知道怎么回事，上面通知的，放心，听我的，不是坏事。”

骆雯将信将疑，这个医院一张床位难求，现在莫名其妙地让颜艺转病房，骆雯也说不上为什么，但是直觉告诉她不是坏事，只说让颜家兄妹听从安排。

电梯一路向上，停下的那一刻，骆雯才放下心。要转去的，是本院最好的高级病房。可是，这种病房从来不向普通人开放，颜艺虽然算得上本市科技界新贵，但离住进去的标准，还差得远。

屋子整洁大方，和下面的六人间相比，宽敞了许多，沙发、淋浴间一应俱全，床头有一束鲜花，花束里插着一张名片，简单写着：“晚上来看你。”

落款是潘悦安。

颜朗好奇，问是谁这么热心，这么难求的病房都能手到擒来，颜艺敷衍地说是一个朋友，挺有能力的。颜朗没再纠结，看妹妹已经安置妥当，骆雯也在旁边，打着哈欠说回家洗个澡换换衣服，再来看她。

颜艺叫住他，挥了挥刚打开的手机：“我微信上发出的照片是怎么回事？”

照片里，颜艺憔悴地躺在病床上，双目紧闭，手腕上吊着点滴，应该是昨晚手术昏睡中拍的。

颜朗尴尬地嘿嘿两声：“你看底下多少朋友关心你，你的人缘比我想象的要好，”他装作抬腕看表，“不说了，我得走了，晚上骆雯辛苦一下，我补个觉。”

骆雯哦了一声表示没有问题，颜朗脚底擦油开溜。颜艺垂头丧气地说：“这下好了，都知道我生病的糟糕样子了。”

骆雯一边检查心率监护，一边笑："我说谁有那么大本事呢，原来是潘大少。今早做完手术你还没醒，薛司宇给我打电话，说有个朋友在你的朋友圈留言里看见他了，这才知道你们认识。"

薛司宇正提着水果和几个饭盒，他站在门口敲敲门，示意要进来，颜艺跟他打个招呼，问道："你和潘悦安认识？"

"父辈之间交情不错，我俩之间也就算熟人而已。"他把水果放下，又告诉骆雯，"我给你买了你最爱的蒜苗烧肉盖饭，趁热吃，给颜艺带了小米粥，能喝就喝一点。"

骆雯一声欢呼，直奔过去接过饭菜，颜艺心怀疑虑："潘悦安有这么大的能量？"

薛司宇找纸巾擦手，闲闲地道："你要是常看本市新闻，他父亲的名字你就不会陌生。潘少是市检察院检察长家的公子，想弄个高级病房还是不费什么劲的，尤其是最近听说他爸又要高升，可能要调往中央，谁不想赶紧巴结。再加上这小子在财政局也算是个风云人物，要想在津洲办点事，找他算是对了门路。"

颜艺不想继续问下去，她是个聪明人，不该问的再不肯多问一句。骆雯把小米粥放进了冰箱，随口问薛司宇："伴郎的事怎么样，最后定的是谁？"

话一出口，骆雯即知失言。薛司宇偷觑颜艺的脸上，看不出什么表情之后，才敢回答："那小子我问过的，想是不会来婚礼。"

"为什么？"颜艺问。

"因为他既然肯栖身那间汽车修理厂，而不是出来联系我们以前这帮旧友，就说明他不想在津洲市抛头露面，神不知鬼不觉才好，”薛司宇看颜艺的情绪没有波动，接着分析，“这样也好，当年他爸的案子牵扯到津洲有头有脸的人太多，他少出来晃悠，对他的安全有利，所以我觉得，婚礼这种场合他是肯定不会来的。”

薛司宇一脸无奈地摇摇头：“我去找过他，那家伙根本不恋旧情，软硬不吃，算了，少收个红包而已，不来就不来吧。”

颜艺怔忪，“不恋旧情”这四个字直戳她的心窝，还没等她心情有起伏，门外响起一个男人的声音。

“你的婚礼谁不来我也要来的，伴郎非我不可。”潘悦安笑吟吟地站在门口，手里提着公文包，显然是刚下班的样子。

薛司宇立刻心领神会，朝骆雯使个眼色，骆雯赶紧说科室那边正忙，她得过去了，薛司宇跟潘悦安寒暄了几句，朝颜艺挥挥手和骆雯离开了。

“上次围巾的事还没谢谢你，这次又是你帮了我大忙，也不知道以后怎么感谢你呢。”颜艺撑起身子，笑着想坐起来。

潘悦安赶紧扔掉公文包把她扶住：“客气什么，你能接受帮助，对我来说已经是赏脸了。”他的视线停留在她的脸上，巴掌大的小脸，苍白憔悴，几缕碎发拂在额前，唯有一双黑水晶般的眸子，依旧灵气十足，潘悦安看得有些出神，颜艺轻咳一声，他赶紧别开目光。

“我下班晚，忘了给你买些吃的，也怕买了不合你的胃口，现在有没有什么想吃的，我去给你买。”

颜艺朝冰箱那边抬抬下巴：“薛司宇给我带了小米粥，我一会儿热一下，反正也只能吃清淡的东西，有粥就很好了。”

“光喝粥怎么能行，没有什么营养，”他抬腕看了看表，“你等我一会儿，附近有一家卖瓦罐鸡汤的，我给你去买。”

潘悦安说完就要去，颜艺不想麻烦他，刚直起身子想拉住他，不小心扯动了伤口，疼得哎哟一声轻唤，他赶紧回身看她，不料门口冲进来一个人，比他还要心急。

“怎么了，小艺姐，很疼吗？”陈慕阳一脸的心焦，恨不能这伤口长在自己身上。

看着因为慌乱扔在地上的保温饭盒，再看看这个穿着警察制服的年轻小伙子脸上的焦急，潘悦安也从这个年龄过来的，其中的情意他当然能够领会，可惜的是，在感情经历丰富的潘悦安眼里，他还稚嫩得很。

潘悦安不动声色地看着陈慕阳，陈慕阳也一脸严肃地上下打量着对方，颜艺尴尬得要死，又不能让其中的一个离开，她只好推推陈慕阳：“饭盒还在地上呢。”

陈慕阳才想起还有更重要的事：“我让我妈炖了鸡汤，”他捡起饭盒，心疼地擦了擦，看看外表没什么大碍，“好在没洒出来，你趁热喝。”

颜艺接也不是，不接也不是，潘悦安见状，朝她眨眨眼：“你吃完饭早些休息，我明天让我家保姆宋嫂过来，你这两天下不了床，有个人照顾一下总是好的。”

“真的不用麻烦了，”颜艺赶紧说，“病房的事多亏你了，怎么好意思再劳动你家保姆。”

“小艺姐这儿有我呢，就不劳别人大驾了。”陈慕阳虽然是笑着说，可傻子都听得出，他恨不得把眼前这个男人隔绝到千里之外。

潘悦安毫不在意："我有时间就来看你，外面的护士站我已经打好了招呼，夜里有事她们随时照顾。"说完，他冲颜艺笑笑，"明天见。"

目送潘悦安出了病房，颜艺终于按捺不住，瞪了陈慕阳一样："你又犯什么毛病，潘悦安又怎么招惹你了，夹枪带棒的，你恨不得天底下所有男人都跟我翻脸才好是吗？"

颜艺的这几句骂在陈慕阳听来倒是舒服得很，他蹲在床脚，脸贴在她的被子上，打了个哈欠，颜艺还肯骂他几句，说明在她的心里，跟他还是亲近的，那个姓潘的比不了，就像他妈妈，他在外面惹了祸，妈妈总是先骂他，骂归骂，最疼的还是自己。

他闭着眼，熬了几天的夜，眼睛里面又干又疼，趴在她床脚的这一刻，他心里才踏实放松下来："这个姓潘的不像好人，你不要跟他走得太近。"

这话幼稚得让颜艺想笑，她隔着被子踢了踢他："要睡回家睡，我这儿一会儿也不能留人探视了，你没什么事就赶紧回家吧。"

"就让我这么待一会儿，十分钟，"陈慕阳保持这个姿势一动不动，"颜艺，我看到你发的朋友圈时吓了好大一跳，你要是出了什么事，我也不准备活了。"

颜艺刚想骂他幼稚，眼睛里却不由得湿润了，她的生命里还有这么多人爱着她、关心着她，少了一个童岸，没有什么大不了的，天不会塌地不会陷，生老病死日子一天天照样过，这样也好，只要她能接受他不再爱她这个事实，就还有很多机会获得新的幸福。

可是为什么心脏最深的地方，空得像是宇宙坍塌之后的废墟？

（7）

今年的夏天绵长难耐，已经是最后一伏，依旧是桑拿天，修理车间虽然有中央空调，但在密闭的环境里待久了，童岸还是感觉有些憋闷。

早上薛司宇给他发了一条微信，照片上苍白疲惫的面孔他熟悉得不能再熟悉了，薛司宇寥寥几句，说她刚做完手术，在骆雯的医院住院休养。

童岸用手指反复拨拉着那张照片，屏幕上的指印层层叠叠，几乎看不清那个年轻女子的脸。童岸思量再三，还是把这条微信删掉了。

杜薇中午吃饭时来找他，显然是哭过，眼睛肿着，也没有往日的浓妆，反而顺眼许多。她把午饭递给童岸后，就那样端坐在童岸面前，沉默地看着他大口地咀嚼食物。

她不说话，童岸也乐得一声不吭。他专注于食物，吃得一头汗水，杜薇伸手用纸巾帮她擦汗，冷不防地问了一句："童岸，你对我到底是什么意思？"

童岸不知道怎么回答，只能装作呛到了，大声咳嗽，杜薇起身给他倒水，顺势坐到他身边，一下一下抚摸他的后背。

他坐立难安，又不能甩开她站起来，只好接着喝水强按下胃里的不适。

杜薇的视线望向远处的一台待修的车子，幽幽地说："童岸，我们私奔吧，你不喜欢我也没关系，我喜欢你就足够了。咱们别在这儿待了，我手头有点儿钱，你带我走吧。”

童岸觉得她今天古怪，喝口水，笑着问她：“又抽什么疯呢？”

她不说话，昨天晚上她跟父亲提起让童岸参与到她家的“业务”中来，杜老板想都没想就拒绝了，他虽然容许女儿在感情上淘淘气，但是绝对不允许一个外来的小子搅和了他苦心经营的事业。

杜老板洞察一切，他说：“薇薇你要清楚，童岸是长得帅修车技术高，除了这些，你还了解他什么，他来车厂这些日子，你见过他有亲朋好友来往吗，他古怪得很，也就你把他当个宝贝。你们年轻人，爱情来得快去得也快，过一阵子你在夜店又认识一个更帅的，把他往脑后一丢，到时候怎么处理，怎么把他从咱家的生意里择出来？”

他想起童岸就头疼：“你也不是不知道左军那个人的脾气，他看不惯童岸，爸爸虽然不会让童岸走人，可咱家的生意还离不开左军，再说了，你以前不是挺喜欢左军的嘛，爸爸都把他当成半个女婿了，你现在给我来这一出戏，你让我这张老脸往哪儿搁？”

杜薇被说得哑口无言，不停地啜泣，哭到哽咽，她狠狠地跺了一下脚：“我不管，左军那么霸道，天天管着车厂不说，对我也管头管脚的，你以为左军是看上我了，但他看上的还不是你的钱！”

杜老板无奈，老婆在女儿三个月的时候就走了，可以说，杜薇是他一手拉扯大的，为了养活孩子，他带着不满一岁的女儿开大车跑长途，遇到过劫匪，也遭遇过车祸。他有过不少女人，但是再没第二个孩子。杜薇是他心尖尖上的肉，他舍不得她受一丁点儿委屈。

所以，他只能给女儿擦干眼泪，放缓了语气：“告诉爸爸，你这么喜欢童岸，那小子对你呢，他也这么喜欢你吗？”

杜薇一愣，没想到父亲老谋深算地想到了这一层，她只能嘴硬：“当然，我这么漂亮，又有这么有钱的老爸，哪个男人不爱我？他又不是瞎了眼睛，你别看他平时不爱说笑，但他心里有我的，他从小没有父母，不知道怎么表达感情罢了。”

杜老板叹口气：“我不能直接把他带进来，别人会说闲话，也会看不起他，男人嘛，不能靠吃软饭打天下。”

眼看杜薇又要着急，杜老板赶紧哄女儿：“好啦好啦，我看着安排一下，让他试试，过段时间，看看他的表现，再说。”

他眼珠一转，又叮嘱女儿：“先别往外说，尤其是左军那里，让他知道了，凭他的性子，童岸还不知道会怎么死在他手里呢。”

杜薇擦擦眼泪，脸上终于有了喜色，她搂过杜老板的脖子，吧唧亲了一大口：“爸爸，世界上只有你对我最好。”

杜老板拍拍女儿的手，一声长叹：“爸爸这条老命啊，就是为你留着的。”只要女儿高兴，在杜老板的眼里，一切都好说。

杜薇想起昨天和父亲的对话，心里的念头一闪而过，本来想咽下的话，却被童岸幽静潭水一般的眼睛深深地吸引，一股脑地吐露出来。

她看看四周，没有多余的人，才压低了声音，贴着童岸的耳朵说：“我爸过些日子准备带你蹚蹚水，你心里有个准备。”

童岸捧着饭盒的手微微一颤，他想到了老冯告诉他的有关存货的仓库的事，装作不明白："蹚水？没问题啊，给我准备双雨鞋，我嫌积水太脏。"

杜薇抿嘴一笑："傻瓜，你以为是小孩子玩儿水啊，我爸同意让你接触一下我家的核心业务，好机会，比你改装发动机赚得多多了，别不知好歹啊。"

他不动声色地笑，把手里吃干净的塑料饭盒在空中一掷，准确地扔进远处的垃圾桶，他站起身拍拍裤子："知道，谢了。"

"还有，别叫我傻瓜，"童岸眉眼冷峻，"咱俩到底谁傻，还真说不定呢。"

潘悦安来医院的时候，没有像上次一样直接进来，他双手插进裤袋，静静地站在门口，从透视窗往里看，视线里的颜艺半坐起身，靠在床头，戴着一副黑框眼镜，专注地在键盘上敲打着。

屋里没开灯，盛夏傍晚的光线在她略显瘦削的脸上打出一层柔和的光晕，颜艺的手上还留着静脉置留针，但这不妨碍她手指如翩跹飞舞的蝴蝶。

他承认自己有一丝心动。长到这个年龄，如果说条件优越的他感情史一片空白，那是骗人的。各行各业形形色色的优质美女，他见识过不少，但颜艺这样的，少见，甚至罕有。

从他对于颜艺仅有的了解来看，她不是个不坦诚的人，她甚至没有追究自己在机场的唐突之举，对于调换病房的安排，她也平静地接受，如果换了平常的女人，早就借着感谢的机会迎合而上，可是颜艺除了简单的道谢，再无别的举动。

她的坦诚之下，还有难以察觉的内敛与拘谨，她的心里有一个壳，闭得紧紧的，不想打开，也不愿别人打扰。

潘悦安几乎是下意识地想到，是否曾经有人，走进她不为人知的另一面，见过他从未见过的笑容和她的内心世界？

正在此刻，抬手揉眼的颜艺看到了门外站着的人，起初微微吃惊，看清楚来者是谁后，冲他笑了笑。

潘悦安挥挥手，转动门把手推门进去，他想，有什么关系呢，他确定自己是喜欢她的，这就足够了。

此时的她，不是泰格的小颜总，只是一个需要人疼爱的姑娘，想到这里，潘悦安的心里微微一动。

颜艺正在进行视频会议，她示意他等她一会儿，潘悦安也不见外，窝在沙发里掏出耳机戴上，手里拿着钢笔不知在笔记本上划拉着什么。这边颜艺和几个主管讨论得热火朝天，那边潘悦安自得其乐。颜艺结束会议，收拾电脑，看了一眼他悠闲的样子，好奇地凑过去。

她身上有消毒药水的味道，和某个牌子的沐浴液残留的清香混合在一起，他觉得有一种新鲜的诱惑力，通透而干净。颜艺站在他身侧微微弯腰，看见的却是一张速写。

她脸上的神情惟妙惟肖，紧锁眉头的样子仿佛是拍照一般传神，奇怪的是，画中人的嘴角多了一颗痣。

“新换的钢笔，还掌握不好出水的技巧，甩了一个墨点出来。”他有些尴尬地解释道。

颜艺没有多想，笑着拿过他摘下的耳机，戴在耳朵上，仔细听了几秒，脸上的表情不自然地变了，她的太阳穴一阵刺痛。

她的声线发紧，手指颤抖着把耳机还给他：“你也喜欢李斯特的《叹息》？”

潘悦安没有察觉到她表情的细微变化，眼睛一亮：“你能听得出这首曲子？”

她如何不懂，高中时代和童岸并肩坐在海棠树下面，一人一只耳机听这首曲子的时光，仿佛还在眼前。

“小时候喜欢过一阵子古典音乐，不过后来再也不听了。”她声音酸涩，犹如含了一枚青橄榄。

“发生了什么？”潘悦安好奇。

“因为……不感兴趣了，我对音乐只是一时的迷恋，后来发现没什么兴趣了，不想继续投入，没有兴趣的事情我是做不来，也做不好的。”

她长长地叹口气，身上穿着宽大的病号服，脸庞干净清洁得像是月光下的湖面，戴着一副黑框眼镜，如果不是颜艺的手机突兀地响起，他希望这一刻能保持一万年。

颜艺看着手机上的号码，眼熟，她稍微走得远一点接起。

“你好，我是陈慕阳的妈妈，有时间见面聊几句吗？”一个中年女人温和的声音传来。

一楼大厅冷气太足，颜艺后悔没有多穿一件外套下来，她远远地看见陈慕阳的母亲，穿着浅色的套装，冲她招手示意。

颜艺约定在这里见面，一是顾忌潘悦安，她把他当朋友，是和她的私人生活保持最后一道距离的友人，她不敢轻易让别人接触到她的另一面，吃过亏，也就记住了教训。

另一方面，颜艺隐隐有预感，陈母来访，不会是好事。

果然，两人在候诊区找了位子坐定，陈母微笑着说：“颜艺，几年未见，你还是我印象中的模样。”

颜艺客气：“您也还是那么年轻。”

陈母一笑，拉过她的手，她的手冰凉，在大厅冻得，陈母的手温暖柔软，可颜艺觉得别扭，轻轻把手抽了出来。

陈母不以为意，从包里翻出一个泛黄的笔记本，还有一个碎花发圈，叹口气：“这是我在慕阳的抽屉里和枕头下发现的。”

颜艺没有去接，那个碎花发圈是她的，童岸买给她的，丢了好几年，没想到在陈慕阳那儿。

“还有这个，我给他洗衣时，在他的衬衫口袋里找到的。”那是一张生活照，上边是颜艺大学时青涩的模样。

“我想说，慕阳一直抵触相亲，也排斥和别的女孩有来往，我想原因只有一个，他心里藏了多年的人，就是你。”她叹口气，“这几天他加班那么辛苦，还惦记着你住院，累得在客厅打瞌睡，也要等我熬好鸡汤，他亲自送到你手里。”

颜艺不说话，陈慕阳的心思她何尝不清楚，这么多年他明里暗里地表白，赶也赶不走的守护，颜艺不是不懂，可是她又能给他什么呢？

颜艺摇头苦笑，似乎不知该怎么办，陈母一把抓住她的胳膊，难以忍受的手温又传了过来：“颜艺，我求求你，你不能耽误他，他跟你不一样，我们这样的人家，是不可能……”陈母紧皱眉头，“我只有这一个儿子，我也没有别的想法，我儿子这么优秀，我只希望他能找着一个合我们心意的女孩，可颜艺你，我们接受不了！”

颜艺终于按捺不住，站起来：“请您别再说了，我知道您的意思！我也从来没有对陈慕阳有过什么想法，曾经我是他的家教老师，现在我最多算他的朋友，我们没有感情上的关系！”

她的太阳穴突突跳得难受，双手按住头，突如其来的疼痛让颜艺难受得喘不上气，陈母没有管她，而是继续说：“你一直不结婚，也没有男朋友，慕阳肯定不会死心，我这儿倒是有个合适的人选，虽然是二婚，有个孩子，也比你一直单着好啊……”说着，陈母从手提包里掏出一张照片，上面的男人肥胖老气，一看就不是易与之辈。

颜艺气得发抖，像是风中飘摇的树叶，羞辱来得犹如猝不及防的暴风雨，让她难以招架。人们很容易把粗鲁和轻视伪装成关心，残忍地提醒她是谁。

就在颜艺抱着双臂又冷又怒无处可逃的时候，有人在她身后轻轻给她披上了一件衣服，顺势搂过她的肩膀：“半天找不见你，原来你在这儿。”

她不敢置信地回头寻找这个熟悉的声音，最不可能出现的那个人微笑着看她。

“说了不让你乱跑，还到处溜达，还没好利索呢，别再又感冒了。”童岸手上略一加劲，把颜艺往自己的怀里揽。

他抬头正对上陈母诧异的眼光，笑得别有用意：“阿姨您误会了吧，小艺已经有我这个正牌男友了，你怎么还给她介绍对象，这就不厚道了吧？”

陈母看颜艺默认，再看眼前的年轻人，高大劲瘦，俊秀的眉目间，有一股不易察觉的沧桑感，她发现他垂着的右手上缠着纱布，虽然笑着应答陈母，话语中却也有隐约的敌意。

她知道这人不好对付，只好自找台阶：“哎呀，我真是上了年纪记性不好，怎么做红娘还把女孩子家弄得这么尴尬，都怪我，阿姨向你赔不是了。”

童岸懒得理她，推推怀里的颜艺：“鸡汤凉了不好喝，赶紧上楼，把汤喝完。”

颜艺顺势往前走，童岸亦步亦趋地跟着她，左手抓牢她的右手，抬起来跟陈母打招呼：“再见，您走好！”

眼看着陈母消失在门诊大厅，颜艺默默地挣脱了童岸的手腕。两个人沉默地对视，她觉得别扭，缓缓放下视线。

“手怎么了？受伤了？”

他嘴角不以为意地一笑：“跟你有关系吗？”

又是这样，每次他都恨不能用话语做成匕首，狠狠地捅她心头一刀。

童岸见她低着头，手指死死地攥着衣角不吭声，一个温和的男声在身侧不远处响起：“颜艺，你怎么跑到这儿来了？”

是潘悦安，手里拿着颜艺的羊绒披肩，站在走廊拐角处，医院的灯光从他的头顶投射下来，看不清他脸上半明半暗的表情。

潘悦安缓缓地走上前，还没等他开口，颜艺低头揉了揉眼睛，再抬脸，迎接他的却是一副明媚的笑容，她柔声道：“说了让你在病房等我，才一会儿就没耐心了……我遇见一个老朋友，多年未见了，叙了叙旧。”

说着，她的手极为自然地挽上潘悦安的胳膊，潘悦安知道颜艺绝不是那种举止轻浮的女孩，此刻她行动反常，肯定有隐情，他不动声色地拍拍颜艺的手背：“护士说你还有一瓶点滴，赶紧上去，输完了好吃饭。”

颜艺依旧笑着，笑得她嘴角都累了，脸也木了，她回过头，笑着说：“童岸，那就再见吧，我朋友来接我了，也不耽误你的时间了。”

七年前，她的一颦一笑，是表示她高兴了，还是伤心了，童岸了如指掌，七年后，她的表情依旧欺骗不了他，她硬挤出来的笑容，骗骗眼前这个男人可能还行，但是骗不了他。童岸冷冷地看着对面这个玉树临风的男人，浑身透着过了而立之年的成熟稳重，有一副上流社会的精英模样，应该有不错的家世和前途。对方也不出声地看着他，眼睛里有疑问，也有对对方来路的暗自揣测。

“颜艺，这样有意思吗，几年下来，你在计算机领域的本事长没长我不知道，可惜你骗人的本事一点也没长进。”童岸懒得再跟她玩捉迷藏，干脆挑明了直说，说完，他才不管颜艺怎么向潘悦安交代，转身就走。

在她的视线里，那个身影就像是无数次梦中出现的那样，渐行渐远，颜艺喊住他：“你等等！”

童岸停下来，却没有回头，他的轮廓还是像她记忆中那样清晰，颜艺咬紧牙关：“童岸，现在，我们正式分手，你不告而别的那些年，都不算数。”

她受够了那些无法入睡的夜晚，一遍遍回溯、翻查她忽略的每一个细节，寻找两个人爱情致命的转折处，最要命的是，失踪也是留白，有无限的可能，他到底遇到了什么，他是否还依然爱着她？

曾经摸得着看得见的东西，怎么会消失得如此彻底？时而甜蜜，时而酸楚，时而确定，时而惊疑，在一个人的汪洋大海里颠簸，真的能让人崩溃。

“以后我再有困难的时候，你也不要伸手，哪怕是被羞辱、被冤枉，我也不需要你来帮我，我们之间，就此打住，再坚持下去，没有什么意义，不如你放我一条生路。”

童岸静静地站在那里，听她哭着说完这些话，他的喉头也有些哽咽。

潘悦安静静地站在颜艺身侧，掏出干净的手帕递给颜艺，颜艺没有接，用宽大的衣袖擦了下眼泪，看着站在几步之远的童岸。

他垂下微微抖动的眼睫，像是一只暗色的蛾子覆盖在眼睑上，他脸上的神情并不是她熟悉的。

他的话语没有任何温度，黑色的瞳孔像是在嘲弄："那我要从你哥身上讨回我家本来应该有的清白，也跟你没什么关系。"

颜艺听完转身，头也不回地大声答道："随便你！"

她的身影融进走廊尽头的灯光里。哪怕咬着牙哭到浑身发抖，哪怕头痛得要炸裂，她发誓，她再也不会回头。

这个王八蛋说过她痛哭时的样子很难看，她顾不上了，很久没痛哭过，她的眼睛埋在手掌里，像是干涸了很久的枯泉，终于喷发了。

潘悦安愣了愣神，他一时间还不能理清这两个人之间到底发生过什么，一转眼颜艺已经大步跑开，他顾不上那个站立在大厅中的男人，拔腿朝颜艺的方向追去。

颜艺不知道自己是怎么回到的病房，她后背汗水湿透，病房里的空调一吹，更觉冷涩黏腻。她一头栽倒在病床上，这时，身上那件依旧披着的衣服滑落，颜艺才觉得清爽许多。

哭昏了头，走得太急，她没来得及把那件上衣还给童岸，任留它扔在地上。颜艺把潘悦安挡在门外，她说想一个人待一会儿，心里乱得很，潘悦安没有强求，也没有多言，把披肩挂在门把手上，不放心地叮嘱了几句，才慢慢离开。

她保持那个姿势许久，缠绵的头痛又袭上来，难受得很，直到傍晚，才稍微舒服，她洗了把脸，走回来的时候，地上那件橄榄绿色的上衣，结结实实地绊了她一脚。

颜艺拎起衣服，看似薄薄的外衣，一侧有不自然的分量，颜艺下意识地把手伸进口袋，掏出来一个黑褐色的皮夹。

她认得，那是某年圣诞节她送他的礼物，不值几个钱，那个时候她还是个学生，就连这个也是咬着牙才舍得买的，一整张澳洲牛皮，手工缝制，粗犷中透着雅致。

她轻声问他："喜欢吗？"

颜艺依旧记得童岸当时的表情，他打开来看，眼睛黑亮亮的，充满了惊喜，他揽过她轻轻一吻："你给我买的我都喜欢。"

眼角莫名地发热，颜艺打开钱包，里面只有寥寥的几张钞票，目测总共不超过四百元，暗袋里有几张加油票，叠得整整齐齐的，连一个折角都没有。童岸做事一向仔细，钞票都是铺好了才放进去。她的手指一勾，在暗袋里发现一张她两年前拍过的证件照，即时贴材质的，因为摩挲得次数多了，表面不复曾经的光滑。

她心下明白，童岸在第一次认出她，为她修车的时候，就把这张照片带在了身边。

他们曾经拥有的最好的时光仿佛扑面而来，那天他将身上的钱，还有几张银行卡塞进去，笑着说："以后钱包归我，里面的钱都归你。当然，连我也算你的。"说完，他亲昵地和她额角相碰，这是他们之间一贯的亲密动作，现在想起来，她心里五味杂陈。

这算什么呢，她苦笑。

她继续翻找，颜艺一向不是个喜欢探究别人隐私的人，可是这一次，她也不知自己犯了什么神经病，似乎要在这个钱包里，找出现在这个陌生又古怪的童岸的另一面。她的额头沁出汗水，除了一张折叠得方方正正的白纸，什么稀奇的东西都没有。

她小心翼翼地打开，展现在她眼前的是一张复印件，也许是油墨不足，印出来的字迹深浅不一。

这也不妨碍她清楚地看到关键的几个字，手写的，歪歪扭扭，却不难辨认，甚至可以说，很熟悉。

借条、现金、伍万元整。

最触目惊心的是落款，借款人，颜朗。

字迹熟悉得像是她的掌纹，借款时间她也不陌生，就在徐婉静死后的第七天。

为什么又是颜朗？为什么他要在那个时间，借了对于当时的他们来说，数额相当大的一个款项？他又是跟谁借的？这笔钱用在了何处？

她的大脑飞速运转，推导出一个又一个疑问，颜艺的嘴角抑制不住地抖，更可怕的是，童岸到底是无意之举，还是处心积虑地要让她看到这张借条？他的用意何在？

颜艺掩面顺势蹲在地上，她已经放过了他，可他为什么依旧攫着她死死不肯松手？

出院已经是两周后，她体质不好，这场阑尾炎手术翻来覆去地拖了好多天才逐渐痊愈，在医院遇见童岸后她又开始发烧，骆雯劝她多住两天观察观察，虽然不是大手术，但并发感染也不是闹着玩儿的，她有心多养养，可一直惦记着公司项目的进展，实在待不住。

前几天她和哥哥说了姑妈打电话的事，颜朗人在南美洲出差，手机信号不好，他说了些什么，颜艺也听不太清，大概就是让她不要生气，先养好身体之类的，一切等他回来再商量。这种事，她没办法说给外人，只能告诉哥哥，颜朗比她更懂怎么处理复杂的家务事，打完这个电话，颜艺就觉得心里舒服多了。

陈慕阳最近任务在身，来的时候颜艺已经睡下，他只是站在门口，透过门上的观察窗静静地看看她，然后默默离开。

陈母来找她的事，颜艺没有跟陈慕阳说，但是陈母掩盖不住喜色，跟儿子说，去医院探视颜艺的时候，遇见她男友了，又高又帅，看着两个人很般配。陈慕阳心里咯噔一下，难道她真的选择了那个男人?

陈母掩着嘴笑道："我还把李阿姨家的儿子介绍给她，我觉得挺合适的，没想到人家已经有男朋友了。"

陈慕阳气得眉毛都在跳："妈你是越老越糊涂了，怎么能给她介绍一个带着拖油瓶孩子的男的，你让我还怎么有脸见她？"

陈母收敛脸上的笑意："就是为了打消你不切实际的念头，我才舍下脸跑去的医院！她颜艺有什么好，让你惦记这么多年？她就是有心计，吊着你做个备胎，你以为她是什么好东西，那样家庭出来的孩子，哦，对了，她连个正经家庭都没有，小破孤儿院长大的女人，不是你能招架得住的！"

陈慕阳推开椅子站起来："妈，你这么做，简直不可理喻！"

陈母气得直喘气：“我今天就跟你把话搁这儿了，你这辈子都甭想娶她，趁早死了这个心！”

陈慕阳转身就走，他不愿再跟母亲废话。依着母亲的性格，在医院里跟颜艺说什么难听的话都是可能的，他噔噔跑下楼梯，想到这里，他后背一身的冷汗。

他没脸见她，也没勇气见她，即使见了，他也不敢开口，只好等她夜里睡熟，到医院转一圈，知道她一切安好，也就踏实了。

但是以后该何去何从，陈慕阳很茫然，“备胎”两个字，难听却真实地刺痛了他的心。

颜艺出院的那天，潘悦安早早打电话来，说市里有重大会议，暂时不得脱身，能不能晚一些办出院手续，等他散会来接。颜艺笑道：“住院已经很麻烦你了，出院我可以自理，这个你放心，改天还要请你吃饭，谢谢你帮了我这么多的忙。”

听筒那边有人在请他过去开会，潘悦安快速简洁地回答她：“照顾好自己，我等你一起吃饭。”

老费派了小项和汪妍来接她出院，颜艺在家休整了一天。第二天一早，泰格的人看见略见消瘦步履轻快的小颜总，一路跟身边的助理交代着要办的事宜，一路接受众人的关心。等她在办公室坐定，络绎不绝的人在门口排着队等她处理积攒下来的事情呢。直到快吃午饭，老费才得空屏退众人，让颜艺关好门，一副神秘莫测却又难掩喜色的样子。

“给你换了辆车，皮实，也符合你的档次，你那小破车趁早扔了，没见过你这么想不开的人。”老费递过来一把车钥匙。

颜艺接过来，看着上面著名的保时捷商标，莞尔道：“我今年的中期奖金有这么多吗，还是我得自己砸锅卖铁去店里提车？”

老费哈哈大笑：“多劳多得而已，你这么拼命我再不好好犒劳你，颜朗那儿我都交代不过去。我让司机把车停在地下车场了，自己下班找去，”他神秘兮兮地凑上来，胖胖的身躯看起来很滑稽，“什么钱不钱的，泰格是咱俩打下来的江山，何苦便宜外人？再说了，颜朗帮了我太多，该谢的当大哥的绝对不会忘了。你这几天别太累，你哥嘱咐我了，累坏了他妹妹，他回来要跟我算账的。”

颜艺收好钥匙，冲老费不客气地笑笑：“那我就厚着脸皮收下了。”

下班后，颜艺在车库找到了她的新车，卡宴Turbo S，最新款，和童岸在一起的时候，她也对车有所了解，知道这个系列的车价格不菲，老费的心意她很感激。

她把车开出来，融进华灯初上时分的车流里，听着引擎的声音，颜艺遐思万千，心想，还是努力工作赚钱最靠谱，不然天天都要遇到大大小小的烦心事，工作上的、感情上的，放在以前，她只能束手无策，现在有钱了，起码还能坐在豪车里开着冷气烦心，这也算不得太糟糕。

（8）

头顶上的老式吊扇嗡嗡作响，小吃店里笼住的热气一时散不出去，集聚在闹哄哄喝酒猜拳的男人们身上，蒸腾出汗流浃背的身影。

童岸戴着黑色的鸭舌帽，灰黑色的T恤上汗湿了一大片，对面的老冯也是低调打扮，戴着一副银边眼镜，两个人面前摆着四瓶啤酒，外加花生毛豆水煮肉，低头窃窃私语。

老冯这次和童岸的碰面极为小心，童岸告诉他，杜老板准备让他跟着“跑车”，估计是想让他参与送货，运气好的话，可能有机会接触到他们所说的那个存货仓库。老冯听后眼睛一亮，第一反应是让童岸隐藏好自己，千万不要暴露，然后在适当的时机，把证据拿到手。

童岸跟老冯说完杜老板的车队和配备的司机情况，急不可待地问老冯有没有关于他父亲案子的新的线索。老冯不敢直视他，低头想该怎么组织语言，才能不刺激到他。

老冯私下问过处长，简单把童岸这次回国的目的跟处长进行了汇报，处长点支烟，沉思了半晌，才开口说：“那个案子我有所耳闻，童岸如果想替他父亲申诉，有两个困难，一个是已经过了时效，间隔这么长的时间会给复查刑事申诉案件带来诸多困难，而且时间越长客观性的证据丧失越多，困难就越大。再一个，即使不考虑时效问题，也必须有对原审被告人宣告无罪的新的、确凿的证据，才能再做考虑。再说当年人证物证俱全，我信任我们的刑侦手段，要翻案很困难，你劝他少安毋躁，这种事还是从长计议，他有大好前途，未必要牺牲在纠结这件事上。”

老冯这几天一直在消化处长所说的这番话，里面的道理，作为一个老警察，他比谁都清楚，可是怎么跟童岸解释，而且是在517专案这么重要的节点上，该怎么劝服童岸，老冯也犯了天大的难。

事到如今，他也只好实话实说，他相信童岸不是没有过这样的预感。转述完，老冯叹口气："处长的意思是，如果你觉得不想给我们做线人了，那我们尊重你的意见，在安全的时候退出来，我们换新的特情进去。"

童岸下颌的线条瞬间绷紧，他的视线落在脚边一个空的易拉罐上。他早有预感，当年的案子不是那么容易重查的，可是他不知道该向谁再寻求帮助，老冯已经帮了他不少，那张关键性的借据，是一个很大的突破，他们不欠他什么。

撤出来吗？童岸没有一天不渴望摆脱那家修车厂，还有越来越缠人的杜薇，以及虎视眈眈的左军，可是他又能去哪儿呢。在他父亲去世后，津洲市对他来说已经很不安全，童志国的案子在当年影响极为深远，牵扯进来的人物众多，难免有想报复下黑手的人，他在夜店附近救下了杜薇，进而在车厂谋生，也是无奈之下保护自己的最佳方法。他已经上了贼船，现在还不是下来的时候。

童岸的手指神经质地敲击着油乎乎的桌面，老冯等着他开口，许久，童岸才说道："我还是先不撤出来了，车厂虽然危险，但是对于我来说还算安全。"

"你在津洲市不安全，那回英国呢？"

童岸有些烦躁："等有些事有了眉目，我再考虑回去。下一步你们打算怎么办，我该做些什么？"

老冯不好多问，只能跟他交代注意事项，以及要重点观察的对象。童岸点点头，表示记下了。

老冯结了账，两人一前一后离开小饭馆。童岸压了压帽子准备离开，老冯叫住他，拍拍他的肩膀，叮嘱他注意安全，不要轻易涉足危险的事，童岸明白他话里的深意，一语不发地离开了。

津洲市的风俗，婚礼要在傍晚举行，颜艺中午刚过就赶到了骆家，把清晨才从医院回家、依旧睡得迷迷糊糊的骆雯拽起来，好让化妆师给她上妆。骆母给两个女孩煮了荷包蛋做加餐，嘱咐两人千万不能空着肚子，尤其是颜艺，大病初愈，需要增强营养。

颜艺接过碗，迅速吃完自己的那份，见骆雯仰着头靠在椅子上，半睡半梦的，不由得好笑，干脆用勺子一口口喂她吃，骆雯也不睁眼，边吃边说："还是你对我最好，不枉费我妈这么疼你。"

她说的是实话，她俩大学时是室友，骆雯因为本硕博连读，宿舍房间不够，被分配到计算机系的宿舍，一聊天，难得两人还是同一个中学同一年级毕业的，以前骆雯对颜艺的大名如雷贯耳，可惜颜艺对骆雯没有什么印象。两个女生都是爽快利落的性格，一拍即合，成了多年的挚友。

大学时骆母知道骆雯有个学习很出色的朋友，十分高兴，见过颜艺后更觉得她做事稳妥细致，再加上颜艺的身世着实让她怜爱，干脆就收了颜艺做干女儿。薛司宇也是颜艺介绍骆雯认识的，她没有隐瞒薛司宇高中时给自己写过情书的事，骆雯不介意，反而笑嘻嘻地告诉她，自己高中时也暗恋过童岸，两不亏欠，幸好两人都生性大方，不在乎这些别的女生可能会醋意中烧的小情意。

那几年颜艺过得很是孤苦，多亏骆雯在身边，无助的时候还有个商量的人。薛司宇和骆雯情意相投，骆雯今年博士答辩通过之后，薛司宇在现场捧着花举着钻戒求婚，给了骆雯一个不小的惊喜。

骆雯戴好头纱，午后的阳光透过窗幔，照在她洁白轻盈的婚纱上，她转过身的那一刻，颜艺忍不住热泪盈眶，看到挚友能有一个好归宿，哪怕自己的幸福遥遥无期，也是开心的。

骆雯咬了咬下唇，手指紧张地抓着婚纱："你说，马上就要举行结婚典礼了，我这心里却扑腾得厉害，"她的声音里有掩饰不住的惶惑，"薛司宇以后会一直对我好吗？他会不会有一天不爱我了，我……"

颜艺伸手掩住她的嘴："不许瞎说，大好的日子，说这些干吗，"十年朋友做下来，她的心思颜艺如何不懂，她仔细地替骆雯补上唇彩，"薛司宇不是童岸，虽然有时候吊儿郎当的，但他不会辜负你。"

提起童岸，她的眼里有难掩的失落，今天是骆雯的喜日，身为伴娘她不能有情绪上的低落，于是强笑道："薛司宇要是敢有任何对不住你的地方，放心，我能把他所有的社交网络黑个底朝天，晾他也不会有花花肠子。"

"他要敢是有花花肠子，我给他抽出来打上蝴蝶结。"骆雯脸上有了笑意，能有一个好友风雨无阻地陪在身边，一起长大，是多么幸运又宝贵的事。骆雯把颜艺拥在怀里，想到她这几年吃的苦，再一次忍不住哭了。

"颜艺，你也要幸福啊，一定要幸福啊！"

颜艺终于控制不住，呜咽着点头："我会的，我会的，我们都会很好，你放心！"

我会努力忘了他，我也会有自己的幸福。

骆雯的婚礼定在津洲君隆威斯汀酒店的豪华宴会厅，席开32桌，全场用淡粉色芍药和白色芬得拉玫瑰点缀，婚礼布置和宴会事宜全是薛司宇一手打理的，在医院忙得脚底朝天的骆雯乐得清闲。

男方的伴郎是潘悦安，一身三件套高定西装衬得他挺拔不凡，风头直逼新郎。身为伴娘的颜艺，矜持地微笑着，照顾着骆雯的一行一动，伴娘伴郎站在一起，众人私下议论两个人般配极了，就连潘悦安来参加婚宴的父母也跟薛妈妈打听伴娘，一听颜艺是鼎鼎有名的泰格副总，外加长相清秀，学历高，更是笑得合不了嘴，大有一副恨不得现在就定了这个儿媳的态势。

颜艺定做了淡紫色的小礼服，前胸开得很低，露出精致的锁骨，她天生肤白，穿上后更是明艳动人。

至于潘悦安，一见穿礼服裙的颜艺，灵魂早就愉快地出窍，魂不附体，想不到平时一贯多做中性打扮的颜艺身段这么好，该有肉的地方绝不偷工减料，他的目光一直没有离开颜艺的低胸领口。

颜艺嗔怒地拍他肩膀："潘先生，请你把目光往上抬一抬，这么猥琐真的很low。"

潘悦安羞赧，但是很快恢复往日的嘴脸："大家都认为我们是一对璧人，请问颜总怎么看？"

颜艺不动声色："最近雾霾比较重，大家的眼神都不好。"

新人礼毕，在众人兴致高昂的哄声中甜蜜深吻，潘悦安提醒她："骆雯要抛花球了，你赶紧做准备啊！"

颜艺却不想凑这个热闹，笑着摇摇手：“我嘛，还是算了，连结婚对象都没有呢，接什么花球。”

骆雯背对着宾客将花球高高掷起，说时迟那时快，潘悦安忽然握住颜艺的纤腰高高举起，颜艺看见花球迎面扑来，下意识地想用手挡，结果花球稳稳地滚进她的怀里。

众人起哄：“不算数不算数，串通好了的！”

颜艺落地后惊慌失措，一是让潘悦安的举动吓了一跳，二是悬在空中的那一刻，她分明看到了一个长相酷似童岸的年轻男子，在角落里不出声地看着她。薛司宇给她讲过，颜艺也跟骆雯询问过，都说童岸不可能出席婚礼和婚宴，骆雯说的她信，他们连时间地点都没通知他，他更不可能来了。

潘悦安接过颜艺怀里的花球，看颜艺一副失魂落魄的样子，笑着问她：“胆子太小了，一个花球就吓成这样，哎，薛司宇他们要敬酒了，咱们得过去了。”

说完，潘悦安一转手腕，牢牢牵住颜艺的手，她想挣脱，却抵不过男人天生的力气，只好跟着他从人群中挤过去。

宴会厅里人声鼎沸，祝福声、碰杯声不绝于耳，骆雯不胜酒力，薛司宇也喝得有些醉醺醺的，潘悦安狡猾，说是替新郎挡酒，其实喝下肚的并不多，反而是颜艺，几杯下肚，脸上早已是一片红晕。

虽然略带醉意，但颜艺的脑海里不断浮现刚才的一瞥。她一向自负脑子清醒，今晚戴了隐形眼镜，应该不会看错。

薛家和骆家在本地都拥有诸多亲朋，来的人多，混进一两个不速之客也难以引起注意。如果童岸在仪式进行前就进来了，想必刚才潘悦安抱起她的一幕，他也亲眼看到了。

他的面容依旧年轻而明净，只是脸上冷得像冰一样的表情陌生得令她心头没来由地一颤。

一杯杯的酒落进胃里，开始还能感觉灼烧，渐渐地她觉得酒淡如水，再看向那个角落，已经坐满了宾客，没有一张脸是她熟识的。

颜艺闭上眼，这样也好，就让他安静地消失，也允许她安静地忘了他吧。

直到宾客散尽，骆雯和薛司宇才去入住早就定好的豪华套房，潘悦安安排司机送上了年纪的老人回家，潘家父母不肯先走，尤其是潘母，笑吟吟地拉着颜艺的手，左端详右看看，连声夸赞，潘悦安瞄到颜艺的耳根都红透了，空着的另一只手怎么放都不合适，赶紧拉开絮絮叨叨的母亲，让父亲赶紧带母亲回去休息。

临走前，潘母还恋恋不舍地对颜艺说："有时间让悦安带你来家里玩儿，阿姨下厨给你补补身体，我拿手的葱烧海参，对女孩子身体好，这么俊俏的姑娘，就是身体太单薄了。"

潘悦安看着母亲终于登车而去，长吁了一口气，生怕母亲的唠叨让颜艺生烦。他偷觑颜艺的脸色，她没有恼怒，反而有些惆怅，不知是自言自语还是说给他听："有个妈妈真好……"

潘悦安不明白她的意思，只见颜艺的脸上渐渐落寞下来。潘悦安连忙笑道："你别听我妈吹嘘，这几年凡是见了适龄女孩，她都是这一套，连菜名都不带换的。"

颜艺听了，忍不住莞尔："你可真会背后坑妈，"她抬腕看表，“时间不早了，你也回去吧。”

已经是初入秋的天气，夜风吹过，没了伏天的闷热潮湿，微微的凉意扑打在颜艺略带酒意的脸上，吹起她鬓角的一缕头发，潘悦安很想伸手帮她捋到耳边，最终还是忍住了蠢蠢欲动的手。

“我……我今天没开车，跟薛司宇接亲的车过来的，你也应该没开车吧？”

“我打车回去。”颜艺回答道。

“那我送你，女孩子晚上一个人回家不安全。”潘悦安急切地说。

颜艺有些沉默，她不知道该把两个人的关系如何定位，潘悦安不是这几年来的第一个追求者，也可能不是最后一个，她优越的外部条件不难吸引这样的年轻男人，可她背后也有不愿对外人道的心结。

正在这时，颜艺的电话响了，接听之后发现是酒店的值班经理，说有清洁工捡到了她遗落的手包，请她回来领取，颜艺这才反应过来，连忙道谢，说还未离开，正好上去拿。

她转过身对潘悦安说：“我去取手包，忘在宴会厅了，你不用等我，我打车走没问题的。”说完她急急地朝酒店奔去。

潘悦安冲着她的背影，高喊一声：“我在这里等你，你快去快回。”

颜艺在值班经理手里拿到遗失的手包，且不说这个手包价值几许，光是她的身份证和驾照，还有两张银行卡，万一丢了，就足够她焦头烂额的。她取出五百元现金，双手送给站在值班经理身边的清洁工。

清洁工大妈十分惊讶，想要推托，经理也再三推辞，颜艺坚持："拿着吧，这是你应得的，钱不多，我的心意，很感激您能帮我保管。"

大妈道谢收下，颜艺告辞，顺着走廊找到电梯间，准备下楼，电梯来得很快，她掏出手机给潘悦安打个电话，说自己这就下楼，电梯门在身后合拢的那一刻，她无意中一抬头，看见的却是刚才被她认为是幻觉的那双眼睛。

失神的瞬间，她转身想夺门而逃，结果电梯已经缓缓下落，颜艺的手机落在地上，声音被厚厚的地毯吞没，像她一样发不出声音。

童岸弯下腰，帮她捡起手机，擦擦上面的灰尘，却没有看她："还是这么粗心大意，好几年了都改不了。"

颜艺咬着下唇接过手机，手指攥得紧紧的，半天才说话："你来干什么？"

童岸的唇角有她熟悉的那个弧度，他双手张开举到胸前，一脸无辜："我不是主动要来的，薛司宇骗我婚车出了故障，一时找不到人来修，怕耽误了吉时，火急火燎地把我喊来，结果根本没事。我再想走，也没走成。"

颜艺不知该说什么，只能尴尬地贴着电梯厢站着，看着楼层数字一点点闪烁变化。她在无数的梦境里，对着对面的那个人大声地哭泣，拉着他不让他走，可是现在，她却连说句话的力气都没有。

电梯在缓缓上升，颜艺看着跳动的数字，突然想到什么，问道："你后来到底去了哪里？我不相信凭我的技术找不到你……"

童岸低垂眼睛，看着电梯地板："有家德国汽车设计公司，假期我一般在他们那里打工赚学费，毕业就留在了那儿。"

俩人再也无话。她已经不再伤心，只是失望，对自己。对童岸，都有一种把等待和期许耗尽之后的精疲力竭。颜艺低头从手包的夹层里拿出一张纸，是那张写着颜朗名字的复印件。

上面颜朗的名字已经被她摩挲得糊掉了，颜艺低头轻声问他："关于这个……你有什么话，要对我说吗？"

童岸全身的神经瞬间绷紧，他找了好几天的钱包，原来是落在了颜艺这里，他直了直后背，脸上的表情焦灼而紧张。

叮的一声，电梯降到一楼大厅，颜艺见童岸沉默，以为他不想解释，自嘲地点点头："对不起，不应该翻你的钱包，衣服和钱包我改天快递到你家，"她抿了下嘴角，"那就再见吧。"

说完，她迈步准备走出电梯，不想站在她背后的童岸一把抓住她的手腕，像是在即将坠落火山熔焰的人，抓住最后一块可以攀登的岩石。

他急切地拉住她："颜艺，我有话要对你说。"

颜艺看见潘悦安的身影在酒店门口，他也看见了她，微笑着迎过来，不想童岸把她拉回电梯，电梯门关上的那个瞬间，她看见了潘悦安错愕的表情，他迈开腿追过来，但是门关上了。

电梯复而上行，一直通到最顶层，颜艺的手腕被童岸死死地攥着，他的掌心紧张得一直出汗，颜艺跟他出了电梯，在走廊里快步向前，直到走到通往天台的楼梯间。

颜艺挣开他的手，轻声说："有什么事就赶紧说吧，太晚了，我一会儿还要回家。"

童岸喉头灼烧，艰难地开口：“那张借条，是你哥在徐婉静死后的一个星期，找地下钱庄借钱时写下的。”

颜艺脸上的表情从惊讶，到犹疑，还有一丝不确定：“你凭什么这么说？”

“这张借条是当年警方没有搜集到的证据，他们前些日子查抄了一个高利贷团伙，找到了这个。”

颜艺半晌不说话，不敢相信地看着童岸：“你还在怀疑我哥？你私下调查他？你到底要怎么样才能相信，你父亲才是杀死徐婉静的凶手？！”

童岸抬高声音，一双看好的眉线拧成疙瘩，他努力压抑住怒气：“颜艺，你真的就没有怀疑过颜朗吗？你就那么肯定他是清白的？他和徐婉静明明就是想黑我爸的钱，你一点也没有起过疑心吗？你是个聪明人，他这几年的蛛丝马迹，你应该有所察觉……颜艺，我现在走投无路了，也许你会说，这件事与你没有什么关系，但是我请求你，帮我一把，帮帮我。”

颜艺的视线飘得很远，透过楼道的玻璃，能看见夜晚的灯火通明，这个城市繁华富饶，可是底下藏了多少见不得光的罪孽，她也不知道。

颜艺背靠着墙滑坐在地上，她抱着膝盖，把头埋进去，这一刻她无比地想逃跑，哪怕就一会儿，童岸灼灼的目光烧得她体无完肤。她害怕童岸透过她的眼睛，看见自己心底那一小簇对颜朗有过的怀疑，工资单、颜朗的新车，还有他塞给她的新房钥匙、大包小包shopping过瘾的肖潇……聚集在一起，旋转着向她扑来，颜艺觉得自己的头要炸了。

颜朗还能瞒住多久，他瞒天瞒地，但他也只是个凡人，他注意不到的细节，总会被颜艺和童岸这样的有心人捕捉到，颜艺还好说，毕竟有血浓于水的骨肉缘分，而童岸不一样，他恨不能即刻洗刷父亲清白，咬住了这些蛛丝马迹，他能轻易松口？颜艺越想越怕，身子抖得像在风雨中飘摇的落叶。

童岸蹲下身，他把颜艺死死攥着的手掰开，看见的是一张惨白的脸，汗水打湿了她的额发，贴在脸上，他伸手把她的头发往后拨，手指触碰的那一刻，颜艺脸上的肌肤神经质般抽动。

看着她吓坏了的样子，童岸也觉得内疚，可他还是扳着她的肩膀，手心贴在她裸露的肩膀上："颜艺，听我说，这件事不仅仅关系到我是否能查出当年的真相，也关系到颜朗的未来，他能做出什么事，你比我清楚，他蹲过大牢，你也不想让他再陷进去吧？所以我求求你，帮我，也是帮他。"

颜艺无声地流泪了，她张张嘴唇，童岸看她的唇形，猜出她在说："你无耻。"

他依旧没有放弃："你也想知道真相对吗，颜艺，你不要骗自己，你是天才计算机专家，你可以帮我的，你不会想当一辈子的鸵鸟！"

颜艺哽咽了："童岸，你走吧，远远地走吧，离开我的生活，我承认我放不下你，我多少次下定决心忘掉你，可惜每次看见你，我都知道自己已经无药可救了。你折磨我折磨得已经够本了，放过颜朗吧，他失去的不比你少，求你看在我们曾经真心爱过彼此的分儿上，罢手吧。"

她亮莹莹的眼睛，在昏暗的光线中，有着期许也有着无奈，更多的却是恐惧。童岸绷直了唇线，低垂着眼睑，他粗重的呼吸在夜里听来，像是在极力压抑不能平静的心绪。

十八岁时的颜艺，灵动清亮的眼睛里仿佛总有星星，那时的她，笑起来宛如一朵洁白的山茶花。前些日子重逢，童岸觉得她变了，她的眼神里有掩不住的疲惫，和无可奈何。

刚才看到抢花球的一幕，童岸一时间心里有些发慌，直到这时他才明白，那个平日里看着还像个少女一样的颜艺，早已经长大，长成了一个可以被男人拥入怀中的小女人，童岸心口一闷，他受不了这个。

楼梯间的门被人使劲撼着，那声音高唤着颜艺的名字，是潘悦安，他一路追随上来，颜艺扭头去看并不结实的木门，摇摇欲坠的门最终被潘悦安一脚踹开。

他气喘吁吁地站在天台门口，在昏暗的夜色中认清了颜艺的方位，大声喊道："颜艺！"

他朝她直奔过来，童岸下意识地想挡在颜艺身前，却被潘悦安一把推开，童岸没防备，被他推倒在地上。

潘悦安架起颜艺往外走："你大病刚好，夜风大，再病了不是好玩的，再说，这么危险的天台，出事了怎么办？"

她扭头看童岸，他拍拍身上的土站在夜色里，身后是津洲夜晚璀璨的灯火，她只觉得此时的他，孤独无助得像是一匹在暴风雪中迷路的狼。

潘悦安见她没事，只是似乎吓住了，想要报警，颜艺拉着潘悦安说自己没事，只是有点不舒服，潘悦安朝童岸逼近了几步，面色冷峻，自有一副威严。

"离她远点，这次不跟你计较，以后你少骚扰她！"

童岸讥诮地笑笑："你跟她什么关系啊，你以什么身份警告我？我俩的事，用不着外人插嘴！”

“别的我不管，现在颜艺不想搭理你，还有，如果你再接近她，小心我不客气！”潘悦安伸手指着童岸，一字一顿，似一尊天神。

童岸还想反唇相讥，颜艺低喝一声：“都别说了！”

他抬起眼，看着不远处的颜艺，而颜艺抬头看他时，只剩下空洞苍凉的眼神。他不忍再看那双眼睛，双手插进牛仔裤的口袋，咬了牙，低低地说了句：“你们走吧。”

颜艺愣住了，似乎没有听清，童岸抬高声线厉声道：“走！”

她站起来，抹了一把脸上的泪痕，跌跌撞撞地向楼下奔去，潘悦安瞪了童岸一眼，转身跟了出去，直至他们的身影消失在她的视野里，他都没有扭头看她。

窗外的灯光一点一点地暗下去，这黑暗吞噬天地，吞噬他，铺天盖地，将一切揉成灰烬。

他在凝视一个深不可测的深渊，同样，这个暗黑色的深渊也在凝视着他，童岸觉得憋闷，只想冲着波澜暗生的河流大吼大叫，他害怕了，因为他怕自己被深渊吞没的那一刻，一起跌进去的，还有颜艺。

（9）

十二年前，怎么对她心动，逐渐蔓延出爱意，童岸已经记不清了，他只知道当时刚上高中，正是疯得没边没际的时候，一切都是新鲜的，初长成的少年，心里满满当当的，哪有空余去留给一段感情。

他听说过颜艺，闻名全年级的学霸，语文老师偶尔会在作文课上念她的作文，没有想象中这个年纪女孩的无病呻吟和装出来的文采，平实质朴，有点儿像男孩子的口吻。这对于他来说，不过是高中生活里一个无聊的细节，偶尔在走廊上碰见，也只留下一个清瘦的身影。

每个班级都有自己的特性，好比颜艺所在的班级，以有个教数学非常出色的班主任而著名，一班以文艺特长生居多而招人注目，而五班和六班，则是以另外一种概念而定性的。

不知道是一种什么心态促成了大家对五班和六班的关注远远胜过其他班级，虽然“颜值高”这样的概念在一中这样的老牌名校里，不是什么绝对的竞争力，但是每个女生都喜欢看那几个平均身高1.83米的男生在校服的运动上衣里换着花样套进去自己的衣服，敞开拉链在回廊上三三两两地嬉笑打闹。

童岸和薛司宇自然是风头最盛的两个，一个是华荣地产集团的童大少爷，一个是某国有银行津洲市分行行长家的公子，再加上两人都生得俊秀，吸引一大票女生的注意，自然不是什么稀奇的事。

女孩子们私底下也比较过，薛司宇长得是不错，无论是身材还是身高，都不输童岸，但是童岸胜在眉梢眼角带着的那股劲儿，说桀骜吧，可他本性不坏，说老实吧，可他无意中冲某个女生笑吟吟地说句话，总会撩拨得小女生春心乱动。

所以，比较来比较去，童岸总是要比薛司宇人气高一点。薛司宇也不计较，两个人依旧是同出同进的好朋友。

直到有一天薛司宇情绪低落得不像样子，童岸才发现了蹊跷，约他到篮球馆打球，薛司宇大汗淋漓地打痛快了，才向童岸吐露真相。

他不知道哪一根弦搭错了，喜欢上了隔壁班的颜艺，偷偷跟人家表白，结果吃了一个巨无霸的闭门羹。

"'我和你不是同一个世界的人，请你不要打扰我。'这是颜艺的原话，"薛司宇撩起球衣擦着脸上的汗水，"我他妈就不明白了，都是地球人，怎么就不是一个世界的了！"

童岸大笑："我说你口味够重的，那种成绩榜上第一名能待着不动的女生，人家能搭理你？算了，别郁闷了，追你的女生不少，换个小清新点儿的吧。"

薛司宇郁闷地朝着球场大吼，再看童岸早已笑倒在地，薛司宇扭头猛扑上去，俩人笑闹成一团。

从那以后"颜艺"这个名字不再陌生，薛司宇安分下来，再也没提过喜欢她的事。本来嘛，像薛司宇这种做什么事都三分钟热度的人，想让他吃了闭门羹再接着孜孜不倦地去追求，比让母猪上天都难，再加上不久薛司宇就随着父母调动工作去了外地，转到了另一个城市读高中，于是他和颜艺之间，再无交集。

反而是周围有人零零碎碎地提起她，比如肖潇，课间休息的时候跟他抱怨过，她英语演讲比赛的名额被那个看似傲娇的学霸抢了，肖潇气鼓鼓地说，她就仗着自己是孤儿，老师们都偏心可怜她，谁不知道她啊，穷得连裤子都快当掉了，还好意思跟她抢。

童岸扑哧一乐："肖大小姐，您先去门口贴出来的成绩单上查查自己的名次，还学霸跟你抢，你是怎么进的一中，还不是你妈给你送礼送出来的！"

肖潇怒目圆睁："童岸，你胳膊肘怎么净往外拐，咱俩是从小长大的朋友，你跟她八竿子都打不到一块儿去，你凭什么替她说话？"

肖潇这话没错。肖潇的母亲陈宝珠跟在童岸父亲童志国身边多年，主抓财务，精明强干之外，又有着"华荣一枝花"的风头，虽然年纪渐长，风韵依旧不输当年。肖潇和童岸也算得上是青梅竹马，俩人从蹒跚学步到成为高中校友，也见证了华荣集团从几间小平房起步，一步步做大成为津洲市房地产的领军企业，说俩人是发小，一点不为过。

童岸嘿嘿一乐："我帮理不帮人，你就是容不得别人抢你风头，我劝你适可而止吧，颜艺是战斗力爆棚的学霸，你跟她在竞赛上死磕，不是自找难堪吗？"他停顿了一下，"我听说你妈又要结婚了？这次是跟谁？"

肖潇愣了一下，原本背靠在护栏上，转过身来，双臂探出护栏，眼睛望着远方，童岸看不清她的表情，只看到有一丝嘲弄挂在她嘴角："以前上小学的时候，我后爸姓汪，我就改名叫汪肖潇，上初中时她离了，新男友姓封，我又担心她是不是准备给我改名叫'封肖潇'，同学要是知道了还不得笑死，'风萧萧'，还'易水寒'呢！"

肖潇歪头看着童岸："你比我幸运多了，你爸妈没离婚，你是大企业的少东家，就凭这一点，你比我幸运。"

童岸没说话，只是微笑。

肖潇不无戏谑地说："我现在唯一的愿望就是不用改名换姓，也但愿我妈不再给我添个烦人的弟弟或妹妹，别看她年纪不小，要是想生还是能生的。"

童岸拍拍她的肩膀，安慰道："算啦算啦，说到底她把你一手带大也挺不容易的，你管她那么多干吗。"

肖潇轻笑，童岸知道她无所谓，乐得母亲没有时间管教她，只要零花钱按时按数到位，一切都好商量。有男生过来招呼肖潇晚上放学一起走，童岸趁机离开了。

就像是被人刻意安排一样，渐渐地，颜艺的名字和身影总是有意无意地出现在他的面前，他见过她蹲在放学的路边修她那辆破旧的女式自行车，见过她躲在走廊一角飞速地咽下干瘪的面包，也见过她作为学生代表站在讲台上发言。童岸觉得肖潇输给她一点都不冤枉，她措辞优美，语调准确，不像是贫苦家境里出来的孩子。

他对她有蠢蠢欲动的好奇，说不上为什么，就是觉得像是一切未知又有吸引力的东西，让他有慢慢接近的冲动，就像一只刚学会狩猎的小豹子，想抓住丛林里的灰色野兔，不一定是出于饥饿，而是单纯地想逗弄逗弄。

周末的校园里依旧有学生的身影，童岸有一场足球比赛，踢得大汗淋漓，比赛完了他骑着自己新到手的德国进口自行车慢慢往家走，不想没走多远，车链子掉了。

童岸蹲在路边摆弄半天也不得其法，最近的修车摊离这里也有二百来米，再加上链子卡在那里，车子推也推不动，童岸试着把车子扛起来走，但没走两步就气喘吁吁得挪不动了，他只好蹲在路边，手里捏着一根枯草，无聊地在地上划来划去。

一个熟悉的身影移过，童岸的眼睛一亮。

"哎，那谁，你先别走，有事找你！"

女孩很惊讶，等她刹住车回过头来，发现一个蹲在路边、身上依旧是球衣的男生，正扬起一张微带笑意的面孔，等着她回应。

颜艺不明所以地指指自己的鼻尖：“我？”

“不是你还能有谁，”童岸站起来，拍拍手上的土，指指停在身旁的银白色公路自行车，“我车坏了。”

“跟我有什么关系呢？”颜艺好笑，“又不是我弄坏的。”

童岸挑了挑眉毛：“不管怎么说咱俩是同学吧，你看现在也没有别人，我不找你找谁啊？”

颜艺不想跟他纠缠：“你自己打车回家吧。”

“没钱了，今天出来没带多少，钱都给大家买水喝了，”他笑嘻嘻地看着她，“要不你借我点儿钱，二百就够。”

“我身上就两块钱，要不你把车放在学校门卫那儿，拿钱坐公交回家。”

童岸似乎听到了天大的笑话：“你知道这车多少钱吗，限量版的，让那几个老头给我看着，万一偷着给我卖了怎么办？”他的眼睛里满是狡黠，“我在停车棚那儿看见过你给自行车上链子，估计这点活儿对你不算什么。”

颜艺冷淡地看他一眼：“要么你拿钱就走，要么我骑车就跑，你选一个吧。”

童岸没想到颜艺要起无赖也不在话下，语气瞬间软了下来：“那你帮我把车链子弄上去吧，车子摔了一下，链子我怎么也弄不好了。”

颜艺让童岸的无赖相气得好笑，实在没法子，她长这么大还没见过开口求人还这么理直气壮的，只好凑上来低头察看他的车。问题不算大，就是掉链子了，颜艺试着摆弄了几下，不得其法。

童岸蹲在旁边看她干活，颜艺穿着一件洗旧了的浅水绿色长袖T恤，有隐隐的清洁的香气，就像茉莉，又像兰花。

那香气就像一只若隐若现的手，撩拨得他心头莫名地一动。

颜艺帮他修好车子后接下来的一周，童岸好几次在走廊上碰见她，远远地看着那个单薄的身影要走近了，童岸一肚子琐琐碎碎的话，却不知道该怎么跟她说。

他不明白，为什么突然之间，他对邻班一个以前毫无来往的女生如此感兴趣，是那天拥挤的走廊上她冷冷的神情，还是周六傍晚她帮他修车时她身上那股似有若无的香气，他不得而知，反正看不见她的时候，他很烦躁，远远看见她的时候，似乎更烦躁。

晚上他睡下得很早，心情不痛快，做什么事都提不起劲，就在他即将睡着的时候，卧室的门轻轻地开了，不会是老保姆黄奶奶，这个时候黄奶奶应该在房间里看电视剧，也不会是母亲，她在外面打麻将，起码还得两个小时才回得来。

推开他房门的是父亲童志国，童岸有一段时间没有看见他了。最近听说陈宝珠风头更盛，她把握着华荣的财政大权不说，又要染指人事权，童志国即使是一把手，也不得不忌惮她三分，谁让陈宝珠的新婚丈夫有强大的后台呢，尤其是对他们这种做房地产起家的公司，童志国心里自然清楚什么样的势力，需要自己退让三分。

童志国还是个包工头的那几年，童岸偶尔在晚饭的时候见到他，虽然他可能只是回来换个衣服，晚上还要应酬，但也比现在父子俩相聚的时光多。童志国会给他带回来男孩子们都喜欢的玩具，变形金刚、游戏机、玩具枪。后来发现童岸对汽车感兴趣，童志国就源源不断地到处搜罗各种汽车模型，那时候每天傍晚是童岸最兴奋的时候，只要爸爸回来，就有各种各样的好东西。

随着童志国的房地产公司成立起来并不断壮大，童岸在晚饭时间越来越难见到他。在童岸上小学的时候，童志国终于能抽出时间去接童岸放学，车子停在学校门口，童志国等得已经失去耐心，打电话给妻子，才反应过来，童岸已经升入初中了，而他现在所在的地方，是儿子的小学。

关于童志国的发家史，没有几个人说得清。有人说他当年替市里某个领导犯了事的儿子坐过三年大牢，出来后很容易就拿到了市里某个项目的招标，一夜暴富，还有人说他老丈人当年是大队书记，那个大队占了津洲城市规划的先机，童志国的第一桶金就是从那儿淘来的，后来等到开发的时候光卖地就纯赚了一个多亿。

在童岸的印象里，父亲的车子从一辆二八自行车，一路换到津洲少见的奥迪和奔驰。在华荣最如日中天的时候，父亲又出手购置了新款的宾利。可惜，车子越高档，他见到父亲的机会就越稀罕。

童志国站在童岸卧室门口，门廊上的灯光在他的肩头投下一片柔和的光，童岸看不清父亲的脸，只听他问："你妈还没回来？"

童岸坐起身，光脚踩在厚实的羊毛地毯上："我回来没见着她，估计一会儿就该回来了吧。"

童岸有些心虚，他清楚母亲打麻将不到后半夜不会回来，童志国现在事业已经稳固，不需要李爱梅再出面替他周旋交际，他更希望她能老老实实地待在家，管管儿子做做美容，逛个街花个钱，而不是天天混迹在牌桌上，每天后半夜才回来，说得好听是去笼络人脉，但现在的官太太都已经收敛，愿意陪她打通宵麻将的，还不是那些不着调的牌友。

这一次的争吵带来的后果就是童志国半个月未曾回家，李爱梅也后悔过，收心在家，等着儿子放学回来，等着丈夫应酬回来，但是这样的日子，连童岸都看出来了，很无聊。

他觉得父亲有些残酷，当年的事业确实有母亲的功劳，虽然这种功劳上不得台面。他记得有一次，工程招标，有几个实力比他家强的公司，按说是轮不到童志国的，但是李爱梅在牌搭子中问到了主管领导家的地址，发现这家的老人生病住院了。李爱梅这样一个大咧咧的人，硬是在医院帮着伺候了十几天，累得腰椎病都犯了。童志国最终拿下这个工程，不敢说没有李爱梅的功劳。

李爱梅待在家的那几天，童岸以为父亲会多留在家几次，哪怕陪着母亲在小区里散散步也好，可惜童志国依然有应酬不完的酒局、打不完的电话，李爱梅从他的手里接过公文包，接过西装上衣，等着哪怕是唠叨几句家长里短，可是他总说累得不想说话，李爱梅失望地叹口气，期盼的目光瞬间黯淡下来。

童岸心疼母亲，他在阁楼里翻出那副陪母亲征战过的象牙麻将，擦干净了悄悄拿给她。李爱梅摩挲着这副微黄铮亮的麻将，在红木盒子里一粒粒排放整齐，叹口气，脸上是少有的落寞。

“这副牌，是当年你爸在拿下第一个工程后送我的，当时我还不太会打麻将，他说，就当给你找个乐子，省得闷在家里，怪没意思的。”

童岸不语，母亲手上戴着一只明晃晃的钻戒，钻石在水晶吊灯的映衬下，亮得刺眼，和她粗糙的手指形成鲜明的对比。

“你爸这么多年，钱赚了不少，酒也喝了不少，但就是在家待的时间少，刚开始的时候，我想，多等他一个小时，也该回来了吧，结果我等一小时、两小时、半宿、整宿，慢慢习惯了他几天不回家。”

她的手在儿子的额头抚摸着：“小时候你爸长年不在家，在外面干工程，你得了肺炎，每天都得去输液，脑门被扎得没一处好地方，我也不敢告诉他，都是我自己一人抱你去医院，顶着北风，寒风灌得我喘不上来气，我也没有埋怨过他。”

李爱梅还在喃喃自语：“我不过就是想消磨消磨时间，你爸怎么就跟我较上劲了？”她想不通，也不愿多想，“儿子，你要记得，以后有了喜欢的人，不要让她等你，多陪陪她，比给她一座金山还贵重。”

童岸似懂非懂地点点头，他这个年纪，尚未体会到锦绣堆中的孤寂滋味，他只是觉得家里的寂静让他心里烦得慌，就连呼吸都不畅快。

他想起有一次父亲难得在家，他的手机响起，一个年轻女子的声音传来，遥远而模糊，似乎在对童志国小声地询问什么，童志国回应的声音很低，童岸在他的声线里听出了难得的柔情。

周末的早上，吴秘书和司机开车载着童岸到了云阳北里附近，周围一片全是破旧的胡同，这里近邻市中心，喧闹中自有一份宁静。

一个慈善活动，本来童志国准备参加，但临时有变，他希望童岸能代表他出席，童岸有些忐忑，一般公司里的事务，爸爸不会让他插手，毕竟他尚未成年，但是这次父亲很坚持，说吴秘书到时候会一起去，有不懂的地方问他就行，再说以后公司的事也需要他来分担，早点接触也不是什么坏事。

童岸坐在后座，吴秘书在副驾驶座上，他在用手机跟已经到达的属下布置接下来的活动：赠予仪式，记者采访，与孤儿院孩子合影，等等。童岸不感兴趣，听着吴秘书挂了电话兀自碎碎念般叮嘱，跟那些孩子们握握手就得了，他们要是给你斟茶倒水就别喝了，万一不干净拉了肚子可不是闹着玩儿的，童先生交代过，你就是来走个过场，充当咱们集团的代表……

童岸适时用耳机堵住自己的耳朵，假装半寐，直到车子稳稳地停在一条简陋的胡同口。司机和吴秘书先下车，童岸收好耳机线，快步跟上他们。

刚进胡同口，那辆熟识的、破旧的女士自行车一下子跳入眼帘，像是电影中硬插进来的一段别扭的背景音乐，让童岸的呼吸一下子乱了。

这只是一个预警。

院子里的晾衣架上挂着一中的秋季校服，还有那件浅绿色的穿旧了的长袖T恤，童岸不敢确定，他的腿像是黏在地上的影子里，迈不开，抬不动。

那个傍晚，她穿着这样的一件衣服，蹲在地上察看他的自行车，她的后颈上有细细的碎发，在阳光下泛着乌金色的光泽。

童岸的喉头有些干渴，他舔舔嘴唇，那里有一道细微的裂痕，微微生疼。

准备采访的记者们在调试灯光，吴秘书和工作人员在一旁低声交谈着，很多人挤在一个不大的破落院子里，童岸觉得胸口发闷，他甚至不敢喘气，似乎像个硬闯进别人家的小偷，而不是一个捐助者。

他听到一个晃荡着左边空袖管的孩子，喜悦而大声地朝屋内喊："小艺姐，快点儿，就等你了。"他突然觉得暗红的阳光在自己的血管里横冲直撞，很轻易地过滤出一种单纯的情绪，那一刻他突兀地怀疑，是不是因为自己积抑了许久的情感，让他别无选择地拔腿就逃。

背后有许多嘈杂的声音，吴秘书惊讶地喊他的名字，记者们在院子里开始采访的声音，还有那把沉静婉转的声音。它们像耳边呼啸过去的风，更像是那双他始终不敢直视的眼睛。

不远的路，他跑了很久很久，童岸扶着那辆暗银色的豪车，这辆车是童志国今年新添的，据说全市仅此一辆。童岸害怕看见那双眼睛，更害怕以一种施舍者的身份出现在她的面前。

虽然早就有了"她是孤儿"的认知，但那个破败的小小院落，和一群残疾的孩子，还是深深地触动了他。

回去的路上吴秘书想起什么，扭头问坐在后座的童岸："小岸啊，你怎么临阵跑了呢，你父亲还想让你发言呢！"

童岸望向车窗里迅速倒退的街景，淡淡地说："肚子不舒服，着急找厕所，就先出来了。"

吴秘书不好意思多问，自己打圆场："天冷了，小心着凉，这个季节啊，我们上年纪的更是容易闹毛病，比不得你们年轻人啊，哈哈哈。”

童岸依旧沉默。他坐在后座上听吴秘书和司机有一句没一句地闲聊着，无非是刚才在那家孤儿院的见闻，司机嘻嘻笑着说，别看那个小孤儿院，里面倒是有美人儿坯子呢，尤其是那个二十来岁的女孩子，像不像宋慧乔？

“是不错，白白净净的，胸也……”吴秘书伸手比画了一下，笑得很暧昧。

司机嘿嘿一乐：“还有个十六七的，长得是单薄点，但还挺耐看的，这老太太也是有本事，把几个没人要的女孩子调理得一把水葱似的。”

童岸再也按捺不住，他喊了一声“停车”，司机讶异地从后视镜看他，吴秘书也不知道发生了什么，回头看他。

他没搭理两人：“叫你停车呢，非得要我跳下去是吗？”

司机赶忙靠边，车子一停稳，童岸推门就想出来，吴秘书慌忙问他：“小岸啊，你这是干什么啊？”

童岸斜睨了他一眼：“我有点儿恶心，下来溜达溜达。”

吴秘书和司机暗中交换了一个眼神，童岸死烦他们这种嘴脸，拿出了大衣和手机：“我可能是有点儿晕车，你们先走吧，我爸那儿你就说我先回家了，下午有补习课不能耽误。”

说完抬腿就走，留下吴秘书和司机面面相觑。

领带束缚得他呼吸不匀，他两三把扯开，顿时觉得畅快了许多。一上午发生的事情太多了，炸得他脑仁疼。有一瞬间他怀疑颜艺是不是看见自己了，或者是在别人的描述中，得知今天本来要亲手给她们支票的人就是他？童岸双手插在口袋里，在秋日的暖阳下漫无目的地走着，周末的大街上人来人往的，她在干什么，又在想什么呢？

身侧有一对年轻的夫妻，领着一个蹦蹦跳跳的小男孩打他的身边经过。童岸看得出神，他小的时候，童志国和李爱梅也曾经这样带着他出来玩儿过，那时家里没什么钱，都是坐公交，去公园也是尽量拣着便宜的游乐设施玩，但那个时候的童岸，远比现在坐宾利的他要幸福。

那颜艺呢，身为孤儿的她有没有见过自己的父母？她是从一出生就被抛弃的吗？她还有没有别的亲人？她吃得饱穿得暖吗？童岸在短短的两个小时内，有些佩服颜艺在这么恶劣的环境下依旧能保持超人的成绩，也逐渐懂得她帮他修车时的善良与热心。

他的父母不相爱，但起码他的生活衣食无虞，少年锦衣轻裘，他长叹了一口气，所有的烦恼，都没有她的苦难来得沉重。

童岸决定隐瞒这个秘密。颜艺什么都没有，他不想连她的自尊都收走，这也是他长这么大第一次，觉得父亲的钱对他来说是个负累。

周一早上，童岸负责打扫班级卫生，在早自习结束后，离正式上课还有十分钟的课间，他和另外一个男生抬着水桶说笑着往楼下走。楼梯拐角处，有个女生看见有人来，赶紧将身体转向墙角，看起来像是在罚站。

童岸在她身后站定，趁她不注意，一把抽走她手里的包装纸。颜艺猛地回身想夺回来，却对上一双眯起来的黑色眸子。

“你在这儿吃早点，很容易被查卫生的老师发现。”童岸的语气里并没有恶意，这让她僵直的身体稍稍放松下来，她记得他，她帮他修过自行车，他是学校里最拉风的少年。

“我帮你把包装扔了，下不为例。”

“谢谢。”她艰难地开口，没有喝水，干嚼了一片面包，嘴里干涩得很。

童岸让另一个同学先回教室，看那个人走远了，才开口：“没吃早饭？”

“嗯，起晚了。”

明明有许多话哽在嘴边，却像是找不到出口，童岸的脸上莫名地发热，早晨的阳光似乎有着盛夏的温度，灼得他皮肤一阵烫。

顺着他低头的视线，看见的是颜艺脖颈处那一小块洁白的皮肤，和她小巧饱满的耳垂，她的耳垂上有小小的一颗红痣，对于童岸来说，每一处新的发现，都能让他的心头一跳。

童岸收回自己开始放肆的视线，轻咳一声稳定心神：“赶紧回去吧，要打预备铃了。”

颜艺点点头，从他身边走过，童岸看着她消失在走廊尽头的背影，满心的话，想说给她听，又不知道她愿不愿意听。

（10）

对于颜艺来说，长大之后她始终恪守着一条准则，“工作才是女人的靠山”，无论你昨晚是痛哭流涕，还是纵情欢乐，第二天必须爬起来去工作，人的精力花在什么地方，一天两天看不出，日久天长，花在感情上也许会是一场空，但是花在工作上，工作永远不会辜负你。

早上打着哈欠收拾自己，等着咖啡煮好，颜艺才看到潘悦安的微信：“昨晚睡得怎样？早餐有没有吃好？很担心你。”

说实话，潘悦安的那点心思她不是不知道，昨晚在出租车里，她抖得像是风中的最后一片树叶，潘悦安的手无声地握住她的手掌，温暖坚定，一如他留给她的印象，仿佛能把力量通过掌心传达给她。直到送她到家，潘悦安也没有多问一句她和童岸之间的关系，这是他最让她欣赏的地方。

快到中午的时候，手机里闪进一条信息："周日下午我从香港转机，需要我给你带什么东西吗？"

是颜朗，他出差回来了。

颜艺条分缕析的思路瞬间被打乱，她想起昨晚童岸的恳求，拿着手机直愣愣地看着，仿佛想从屏幕里，读出哥哥藏着不想说的秘密。

童岸直到下午两点才上班，远远地，他看见杜薇和几个修车的男生打打闹闹，打扮得花枝招展，男孩子的目光一直在她短裤包裹下的大腿上流连。他有些看不下去，轻咳一声钻进车间，杜薇扭头看见童岸，赶紧收敛，在起哄声中尾随童岸进去。

童岸背对着她换衣服，杜薇有些讪讪的："怎么还生气了，小张小李他们又不是外人，大家在一起说说笑笑你就生气了……"

看见童岸依旧冷脸，杜薇不怒反笑，从身后搂住他光着的上身："哟，吃醋啦，我真不知道你还对我挺上心的，行了行了，别给我摆臭脸了，我以后改了还不行？"

童岸推开她，假意说道："我感冒了，会传染，你离我远点儿。"

杜薇一双手不安分，反而再次把他箍得紧紧的："小李说大前天看见你跟一男的在城北的小吃店吃饭，那是谁啊？”

他的心里咯噔一声，心想左军果然不是吃素的，居然派人盯着自己，他强装镇定：“男的你也吃飞醋啊？”

杜薇一双媚眼盯住他：“这年头，可不好说。”

童岸咳嗽一声，这才慢慢说：“我表叔，很长时间没见着了，在大街上偶然碰见，我俩吃了个饭，怎么样，放心了吗？”

杜薇笑：“我有什么不放心的，还不是我爸，他这不是要带你蹚水了嘛，怕在这个节骨眼上出岔子。”

童岸见杜薇没有起疑，也就顺水推舟：“什么时候，我怎么没听说？”

杜薇摇摆着身体，哼唱着不知名的歌：“他们都是出发前十分钟才互相通知，放心吧，漏不了你。”

童岸垂着眼睫，眼睛里面藏着不动声色的波光：“好啊，那我等着。”

杜薇走开后，童岸确定周围没有别人，他拿起扳手钻进架起的车身下面，装作检修的样子，隐秘迅速地给标记为“房东”的联系人发了一条信息。

“杜学富派人跟踪我，老冯可能已经暴露，请更换联系人。”

两天后，颜艺晚上加班到十点，打开家门的时候发现颜朗在家，显然是刚结束出差，直接回到这里。他在卫生间洗澡，颜艺看见旅行箱扔在客厅，大咧咧地敞着，露出里面的杂物。

颜艺看看哥哥还没有要出来的意思，换了拖鞋坐在沙发旁喝水，视线有意无意地瞄着箱子里的物品，几件衣物，还有颜朗的随身电脑，外加若干瓶他常吃的维他命，没有什么可疑的地方。

她站起身，想去续杯水，无意中脚步被行李箱绊了一下，趔趄了几步，颜艺回头一看，箱子的一角露出几捆绑得扎扎实实的纸币，她好奇地蹲下来，用手指拨拉一下，是美钞。

正在这时，颜朗披着浴巾出来了，颜艺飞快地把钞票盖好，装作不耐烦的样子："洗个澡占了半天卫生间，我快要憋死了。"

颜朗擦着头发笑："快去吧，顺便帮我把地上的水拖干净。"

颜艺嘟囔一句："就知道欺负妹妹，真不像个当哥哥的。"

颜朗听了这话，瞬间脸色变了，颜艺这才知道失言了，这句话是徐婉静活着的时候爱挂在嘴边的，颜艺多少年都不敢提，现在一时紧张忘了忌讳。

好在颜朗转而就平复了神色，他平静地说："我这几天在家住，会不会打扰你？"

颜艺赶紧摆手："怎么会，我巴不得你在家，这样我下班晚了你可以接我一下，我现在走夜路有心理阴影。"

她迟疑了一下，决定还是告诉哥哥："姑妈不知道又作什么幺蛾子，那天我正开会，散会后小项跟我说，有个中年大妈来找我，提着东西要往办公室里闯，让前台拦住了，她说她是我姑妈，从小看着我长大的，这次来给我送自家做的点心。她原本还想等我散会，好在我手下的人懂规矩，没放她进来，让她放下东西走了。"

颜朗不冷不热地一笑："她能不上赶着巴结你吗？奶奶那套房子，我都给她了，还打算把她未来的儿媳妇的红酒业务推广给我朋友，这么好的事情，她当然要花样百出地笼络你了。别理她，我没打算真跟她家当什么好亲戚，”他眼睛里有荫翳的光，“到时候你就知道了，她家欠咱们的，我要连本带息地收回来。”

颜艺倒吸一口冷气：“哥，你别乱来，多一事不如少一事……”

颜朗笑笑，将手里的毛巾轻轻地扔给妹妹：“她早该知道讨好你了，我这么多年没收拾她家，也算是她的运气。当年妈妈去世后，她赶紧跑过来把爸妈租住她家的房子收回去，咱们没地方去，你住她家我住奶奶家，她是怎么虐待你的？才几岁大的孩子，就得站在凳子上给她做饭，你胳膊上热油烫出来的疤，她忘了，我可没忘。”

颜艺说：“算了，我不想再提这些事了，白白伤心。”

“我就这么一说，你就这么一听，别往心里去，哥哥跟你闹着玩儿呢。”说完，他带着行李回了他的房间。颜艺松口气，洗漱之后躺在床上，一时没有睡意，窗外氤氲着薄薄的秋雾，不知道它在什么时候就将整个世界包围起来，颜艺不由得想到颜朗箱子里的美钞，他出差从来不会带这么多现金，一是危险，二是公司财务制度也不允许，这些钱目测有三四万美元，他从哪儿来的，又要做什么用？

所有的疑问，聚集在一起向她袭来，颜朗越来越让她心存疑惑，但是真的会像童岸所说，当年的凶手是哥哥？还是另有隐情？

夜已经深了，她去客厅倒水，抬眼看见颜朗的房门虚掩着，颜艺站在门口，想提醒哥哥明天会降温，要记得带件外套，刚要推门进去，听到他在和谁打着电话，语气是罕有的激烈。

“你不要蹬鼻子上脸，你当我是冤大头吗？七年前给你们的钱，你们吃进去就忘了吗？一次又一次地要钱，没完了是吗？”颜朗压低了声音咆哮。

那边的嗓门更大，和颜朗通话的那个男人声音极大地骂了一句脏话，颜艺在门口听得清清楚楚，她没敢再往前去，转身回了房间。

颜朗是轻易不肯和别人动怒的，他发这么大的火，颜艺有些意外，是谁呢，又是因为什么惹得哥哥暴跳如雷？颜艺想得脑袋疼，太阳穴也痛，只能把脑袋埋进枕头里，自欺欺人与痛苦，她该选择哪个，是否痛苦真的有可能更接近真相？

早上童岸刚收拾完一台泡了水的发动机，杜薇匆匆过来告诉他，十分钟之后出发，司机在门口的货车里等着他。

开车的是个瘦小的尖嘴猴腮的年轻人，童岸认识，叫小五鬼，他不是修车厂的人，但他和左军经常一起鬼混，童岸再一看，车里副驾驶座上果然还坐着左军，见童岸过来，他偏偏头示意让童岸坐到前面，他下了车，自顾自去了后面，一行人到齐坐定，左军示意小五鬼赶紧开车。

左军心里清楚，杜薇喜欢童岸，再留着他早晚会危及自己的地位，不如一不做二不休，抓住这难得的机会除掉这个心腹大患，至于杜老板会不会怪罪，他顾不上了，反正今天不能让童岸活着回去；坐在前面的童岸也不是傻子，他明白左军恨自己，恨不得早点除掉自己，这个亡命之徒一旦起了杀心，这次行动就是最好的下手机会，此行凶多吉少，不得不防，他前两天就跟老冯暗地里汇报过，不知老冯会不会安排人暗中保护自己；小五鬼惦记的是动手后，左军许给他的十万块钱到底能不能兑现，他在赌场上欠的高利贷，还指望用这笔钱去填窟窿呢。几个人各自心怀鬼胎，路上只有小五鬼时不时地与左军聊几句闲话，打破沉闷的空气。

童岸坐在副驾驶座上，心里时刻注意着坐在后面的左军的举动。他怕左军突然从后面勒住自己的脖子，小五鬼近在咫尺，随时会出手帮助左军，如果这真的发生，自己必死无疑。童岸心里忐忑不安，却又只能继续装作平静，问道："左哥，咱们这是开去哪儿啊？今天预报有中到大雨，进山不会有问题吧？"

左军冷冷地回他："哪儿那么多废话，懂不懂规矩？"

小五鬼狡猾地打着圆场："童哥，第一次蹚水是不是有点紧张啊？放心，我开车技术好着呢，就这山路，再大的雨也保你安全。"

童岸不再作声，心里只是默默盘算，如果真出现危险该如何随机应变。西北方的乌云已然越过山尖，像如来佛祖的手掌一般朝这边压过来。山间不断有隆隆的雷声回荡着，眼见着一场大雨即将到来。

一路上，童岸都在默默记下行驶的路线。如果自己可以安全回去，这一趟犯险一定会有更大的收获，他有老冯交代的任务在身，不能不打起十二分的精神。又绕过一座山，汽车驶离了大路，沿着一条坑洼不平的小路继续行驶。开了十多分钟后，汽车终于停了。左军让小五鬼在车上等着，冲童岸抬抬下巴，示意他下车。

童岸的心已经提到嗓子眼，这是要准备动手吗？他随着左军沿着小路穿过林子。突然左军喊住童岸："别再走了，就这里吧。"

童岸心里一紧，慢慢转过身，狐疑地问："应该还没到吧？"

左军听了，冷笑道："是没到，不过你的路到了。"

说着他从腰间抽出一把手枪，对准童岸。天上开始落下雨点，雨声的衬托下，山间寂静得吓人。童岸知道，对面的手枪一响，自己的路可能就真走到头了。他大脑一片空白，直愣愣地盯着眼前黑洞洞的枪口。

左军说道："知道我为什么就看你不顺眼吗？你个小白脸，以为自己长得招杜薇那种小丫头片子喜欢，就能当杜学富的小女婿了？做梦吧！说，你到底是什么人，为什么你刚来没多长时间警察就端了我们的货？是不是你小子搞的鬼？你是谁安插进来的人？"

童岸强作镇定，一脸无辜地辩解："我刚来，只知道安安分分地修我的车，我哪知道什么货不货的，这跟我没有关系。再说了，我对杜薇有没有意思，你自己也清楚！"

左军见童岸不承认，直接把枪抵在童岸的头上，狰狞着一张脸："那好，你怎么想的我不管，杜薇是铁了心要跟你，我心里不痛快！就因为这个，你死得不冤。这儿风景不错，你就留在这儿吧。"

童岸想再争辩，但也明白无济于事了，这样也好，他很快就能和父母团聚了，但是想到颜艺，他心里说不出的滋味，一瞬间全身的血液似乎全都凝固了，指尖冰凉，心脏跳得像鼓在敲。水滴从额头一滴滴淌下，他不清楚是雨水还是汗水，绝望地闭上眼睛只等那一声枪响。

一阵手机铃声，在死一样寂静的山谷里听来格外刺耳，左军没理，电话断了没几秒，又响起，左军只好接起电话。童岸不知道来电的是何人，他慢慢睁开眼睛，只见左军挂了电话，脸上阴晴不定，眼珠子死死地盯着他，手里的枪依旧瞄着他的脑袋。

砰的一声巨响，炸裂在耳边，童岸吓了一跳，定睛一看，左军朝他身边的石头开了一枪，火星四溅。见到童岸的反应，左军扭曲着面孔发出怪笑，他拿发烫的枪管捅捅童岸的前额："你小子命好，请得动菩萨，今天先放过你，以后再找你算账。"

这阵雨来得快走得也快，待左军和童岸走出树林，天上已经渐渐显出放晴的迹象。童岸见到在小五鬼的车后面又多了一辆车，车下站立一人。来的人是一个中年男人，童岸觉得脸熟，但不是修理厂的人，看见他手腕上那串巨大的佛珠，他才想起来，是"沈先生"，他经常去杜老板的办公室喝茶吹空调，童岸听杜薇喊过他"二爸"，是杜老板最重要的生意伙伴，在宏达的权势和威信远高于左军。

沈先生手里搓着两个文玩核桃，笑呵呵地朝他们走来，抬手跟左军打了个招呼："也没别的事，老杜担心这天气不好耽误事，让我来看看。你们这是去哪儿了？"

左军慢慢地抬头看了沈先生一眼，才开口答道："找地方放个水。这一路上挺顺的，老板的担心也是多余的，是不是，童岸？"

童岸见到左军凌厉的眼神望着自己，答道："沈先生，我们这一路挺顺利，没什么事情。"

沈先生笑了笑："做大事还得靠你们年轻人，我们这帮老头子，上年纪了，胆子越来越小了。”

童岸一颗心才落了地，沈先生的到来，彻底破坏了左军想弄死他的计划，他擦擦额头上的冷汗。如果沈先生不出现，童岸不知道现在的自己会不会已经被抛尸荒野。看左军去和小五鬼说话，他低声对沈先生说：“谢谢您。”

沈先生笑眯眯地在他肩上拍了拍：“别见外，以后有时间上我那儿走动走动，杜老板很是赏识你啊。”

沈先生招呼童岸改乘自己的SUV继续赶路。中午之前，他们到了地方，是个不知名的村落，所谓的仓库不过是隐蔽在村子中的一处宅院，铁门紧锁，从外面看谁也不会发现里面的住宅，其实就是用来藏货的仓库。杜老板对他还是留了个心眼，让小五鬼带童岸去吃午饭，所以童岸没有机会看到车上卸下来多少货，谁来交接的。吃完午饭开车返城，沈先生带话，杜老板要小五鬼的车直接开去他的别墅，要帮他搬一些东西。所以剩下三个人都坐了沈先生的车，由左军开车。一路上沈先生再无他话，只是靠着车枕闭目养神，手里不停地摆弄着他的核桃，童岸在他旁边戴着耳机听音乐，暗暗记下出山的路线。

车开到半路，两个穿制服的警察不知从哪儿冒出来，在一辆停着的警车前挥手示意他们停车。这段是小路，应该不是什么治安检查。见到警察，童岸明显感到左军和沈先生一下子紧张起来。尤其是左军，本来无精打采的他一下子坐直了，这时他们发现，想要绕过或者掉头，已然不可能了。

左军知道自己带了枪，如果警察真要搜查，难逃一劫，恐怕只能硬来了。沈先生发话：“别怕，慢慢开过去，见机行事。”

车子停了下来，其中一个警察满面笑容地凑上来：“朋友，不好意思，我们的车出毛病了，趴窝了，看看能不能给帮个忙？”

左军强压住紧张回应道：“对不起，警察同志，我们着急回城，你看不行找别人吧？”

警察不知是不是从左军的反应中看出了什么，脸上的笑收敛了许多：“这么着急回去？正好我们也有急事，要不让我们搭个顺风车总可以吧？”

见对方这么说，左军一下子不知道该怎么应付，他再想不出什么理由可以顺理成章地拒绝，他也知道，绝对不能让警察上车，如果条子上了车，麻烦在后面。

左军转头求助地看沈先生，想让他出个主意，沈先生是老江湖，经过见过的风浪比他多。他搓着一对核桃笑着对警察说：“不好意思，两位同志，我们确实有急事，想帮你们一把，只怕不顺路啊！”

听了这话，站在后面的年轻一些的警察有些不耐烦：“请你们帮个忙，怎么这么费劲，这荒山野岭的，叫我们到哪儿再找人去？”

场面一下子僵住了。童岸见势说道：“沈先生，让我帮着看看他们的车吧，我学过点维修，看能不能帮上他们。”

沈先生看着童岸，笑着说，“好好，你看我都忘了，修车高手在这儿呢，让他试试。”两个警察一听童岸会修车，马上笑容舒展，像是找到了救命稻草。

童岸下了车，剩下左军和沈先生在车上。他们两个没敢下车，随时在车上观察情况。童岸想，一旦看情况不对，他们一定会扔下自己开车逃跑。汽车的故障并不大，就是电瓶老化缺电了。

童岸弯腰察看警车的时候，年长一点的警察凑过来，装着问东问西的样子说道：“我们迟了一步，你们出发后我们才接到消息，老冯让我们跟着你，担心你出事。”

童岸觑了左军他们一眼，低声回道：“有惊无险。”年长点儿的警察听他这样说，放下心来，又传达了一条老冯给他的消息：“我们过两天会派一个情报员去接应你，你到时候留心。”童岸几不可察地点点头。

童岸从沈先生车里搭电帮他们把发动机打着，两个警察非常高兴，拍着童岸的肩膀不停地夸他技术高。童岸上了沈先生的车，左军开足马力甩开了后面的警车。一直到上大路，车渐渐多了，他和沈先生悬着的心才慢慢放下。

第二天下午，杜老板把童岸叫进办公室，夸奖了几句他昨天的表现，顺手从办公桌的抽屉里拿出一张银行卡递给他，童岸推托不肯接，杜老板呵呵笑着拍拍他的肩膀：“拿着吧，沈先生对我说了，你做事稳妥，是个好苗子，我这人别的不爱，就爱人才。”

他若有所思地停顿了几秒，才开口：“左军嘛，你不要放在心上，别理他，他做过什么，我心里有数，放心，我不会亏待你，也不会纵容了他。宏达车厂还不是他的，他就敢在我眼皮底下搞事情，看来真是不把我放在眼里！”

童岸装出宽容的样子：“是我有错在先。”

“你有什么错？”杜老板饶有意味地看着他。

“我对薇薇的心思，让左军哥不舒服，其实感情的事，要两相情愿，这事上，确实是我不应该。”他一副坦然的样子，杜老板想不相信也难。

果然，杜老板让他留步，却不急于说话，而是悠闲地呷了一口茶，才幽幽开口。

“我就这一个女儿，你好好待她，我以后亏待不了你。”杜老板缓缓地抽着烟，烟雾弥漫，遮住了他脸上的表情，“左军这几年不服管了，也对，翅膀硬了嘛，看我也上年纪了，身边就一个女儿，他早打好了主意，哼，宏达现在还姓杜不姓左！”

童岸点点头，不敢看杜老板，杜老板脸上有莫测的笑：“小子！好好在我这里干，只要你是这块料，吃得了辛苦，你和薇薇的事，我老杜绝对不会让别人坏了你们的姻缘，哈哈哈！”

下午空闲时间，童岸坐在角落听音乐，有个小工来送纯净水，他正坐在饮水机旁边，自然地站起来，帮着把旧桶换下来，他看对方身量单薄，想搭把手帮他抬水，那个年轻的小工低头嘟囔一句：“喝水前看一下商标，看看是不是我们的水。”

童岸心里一动，他想起老冯夜里给他发过来的接头信息，回答道：“喝错了也死不了人。”

陈慕阳摘下头上的鸭舌帽：“你好，我是小陈。”

童岸平静地点点头，脸上看不出波澜，他警觉地看着外面：“万事小心。”

陈慕阳点点头，拎着空水桶出去了，走出修理厂的大门很远，他脸上绷着的汗水才敢流下来。

太出人意料了，他怎么也没有想到，冯队长的线人，竟然是颜艺曾经的男友，他竟然在消失七年后，出现在了这个修车厂。

童岸目送陈慕阳走出大门，眉头紧皱，他见过这个男孩，以前颜艺做过很短时间的家教，他还记得她笑着跟他说，教的学生把头发染得像火鸡一样，她还兴致勃勃地给他看她偷拍的照片，虽然陈慕阳现在换了发色，发型也清爽利落了很多，但是童岸还是一眼就认出了他，不会错的。

两个男人，阴差阳错，又一次有了交集。

潘悦安快下班的时候接到母亲的一个电话，说晚上要去父亲的老同学家做客，老同学这么多年终于调回了津洲，既是升官也是全家团圆，让他也陪着父母去，顺手买点水果点心之类的，他看了看表，答应了。

本来想邀颜艺一起吃晚饭，不知为什么，他听到母亲的安排，心里像是松了一口气。婚礼那晚发生的事，他没有多问，但他心里清楚，颜艺的情感世界，还没有做好接纳他的准备。

那个男人看向颜艺的眼神，深情又决绝，颜艺是怎么想的，他不知道，她事后一字未提，也对，让她和他这个旁观者说什么呢，说他们之间的往事吗，往事如果美好，这两个人也不会面对面如此的剑拔弩张；往事如果不堪回首，他问了不如不问，反正他对颜艺，志在必得。

就他对颜艺的了解，她是一个极为理智的女人，不然也没能力创办泰格，虽然她只是合伙人之一，但业内的人士都知道，她才是泰格的顶梁柱。潘悦安有的是耐心，他只要守好了自己这棵大树，假以时日，不怕颜艺这只小白兔不心甘情愿地撞过来。

敲开陈局长家大门的那一瞬间，潘悦安失声笑了出来，对面站着的陈慕阳也傻了："你来我家干吗？"

潘悦安举起手里的水果和红酒："在你家做客的潘检察长，正是家父。"

陈慕阳只好一脸不情愿地把他放进来，陈母多年未见潘悦安，一见小伙子长得一表人才，喜不自禁："别嫌阿姨多嘴，小安啊，有没有女朋友？"

陈慕阳一脸厌烦，皱着眉头："妈，你有完没完啊，做媒上瘾了是吗？"

"我就是问问怎么了。"陈母不理会儿子，陈慕阳的心思她还不明白，不就是上回颜艺的事让他不自在了。

"谢谢阿姨关心，我确实还单着，"他唇角弯出一个弧度，斜睨了一眼气呼呼的陈慕阳，心里好笑，"不过我也有了心仪的女孩，正在追。"

一句话说得席间几个人都笑了，陈父对潘检察长打趣："你家小安倒是有几分你当年的勇猛！"

潘检察长笑着说："他比我可差远了，我当年都不追女孩，都是女孩子追我！"

潘悦安给两位长辈倒酒："我除了会拼命追，别的我也使不上劲，拿不出手了。"

陈慕阳低着头扒拉着饭，嘴里嘟囔着："是不是你的还不一定呢，人家的正牌男友回来了，你算老几。"

这声音极低，只有坐在他两侧的陈母和潘悦安听得到，潘悦安不置可否地笑笑，他毛头小子一个，话里没轻没重的，随他去。陈父只顾和潘父喝酒，没听到陈慕阳的牢骚。

陈母在桌子下面踢了他一脚："就你阴阳怪气的，你看人家小安，长得帅不说，马上要升正处了，年轻有为，你看你，一天到晚扎在你那个经侦大队，不思进取，这点你还得跟你小安哥学学。"

潘母笑着打圆场："要我说，还是慕阳这样的儿子好，阳光单纯，小安心思重，天天也不知道他在想什么，也不跟我们说，你说我们这样的人家，什么都好，就是儿子的婚事一直悬着，前几年本来都要结婚了，可惜啊……唉，不提了，他眼光也高，一般的女孩入不了他的眼。不过，他喜欢的这个女孩，我们也见了，各方面都是拔尖的，人长得好，工作能力也很强，配我们小安，那是绰绰有余。”

陈母好奇：“谁家的姑娘啊，这么优秀？”

“是什么泰格计算机公司的副总，姓颜，津大毕业去美国读的硕士，自己创业，都上过晚报的，说是计算机天才，”潘母眼底有得意的笑，“什么天才不天才的，我们不看重那些的，只要她心眼好，家世清白，就是好姑娘。”

陈母长长地哦了一声，一副了然于胸的样子，再不多问，潘母没注意到对方神色异常，张罗着要替陈慕阳介绍女朋友。陈慕阳心里不痛快，又不能发作，匆忙扒了两口饭，说队长叫他有事，先回队里去了。

今天汽车限号，陈慕阳本来准备在手机上叫车，潘悦安主动提出送他一程，正好他也该回去了，潘母和潘父有司机，他不用操心。陈慕阳下意识想拒绝，但自从陈母去医院找了颜艺之后，他就觉得再无脸面去见她，他不愿潘悦安提起颜艺，可又渴望听到她的近况，再加上父母长辈希望他们交好，只好答应了。

车里回荡着巴赫的《哥德堡变奏曲》，陈慕阳嗅着车里淡淡的佛手柑香气，双手交叉置于脑后，似乎在自言自语：“颜艺和她男友的事，你知道多少？”

潘悦安专注地开车，听了这话笑了笑：“没打算了解，她的过去是什么样子的，对我来说无所谓，我要的是我和她的将来。”

陈慕阳讥讽地笑："不是我给你唱衰，颜艺这个人，我比你了解她，不瞒你说，我上高中的时候就开始喜欢她，一直到现在，可我这么多年的心意，都动摇不了她，你知道为什么吗？"

潘悦安停在红灯前，扭过头看着陈慕阳："聆听教诲。"

"因为她是个死心眼，这样的人最可怕，我们斗不过她心底的执念，"陈慕阳叹口气，"他们十七岁时就在一起了，后来发生了一些事，她男友失踪了，我以为她早就死心了，但时隔七年之后他再出现，我才知道，我永远也没有希望。"

陈慕阳看着窗外的街灯，继续说道："我没戏，我认了，就这个命，我心甘情愿地守着她，但是你也未必能成，再说回来，我不管你怎么追求她，你要是敢让她再吃苦头，我也饶不了你。"

交通灯变成绿色的那一瞬，潘悦安一脚油门呼啸而过，他才不怕，人心是最容易更改的："随你怎么说，颜艺和我在一起，才是最合适的，这不用你提醒。"

和Season的最终谈判就在下周，颜艺需要整理出技术团队的人员名单，她作为首席技术官这次要亲自披挂上阵，还挺期待的，老费也帮她争取到了未来合作开发搜索引擎的意向，她乐得回归身份，当一名单纯的"程序媛"，平时她作为副总，总是被很多琐事牵绊着，职员的婚假生育假报告她要签字，后勤上买了多少卫生纸多少咖啡粉她也要过目，颜艺的精力有限，她不止一次跟老费抗议过大材小用，老费总是批评她没有耐性，尤其是对管理上的琐事，泰格总有上市的一天，到时候现场磨炼对企业细枝末节还有人际关系的管理，等于临上轿才穿耳朵眼，这不是一个未来大企业当家人的风范。

项目为重，老费不得不接受颜艺的“要挟”，她把所有的除了技术管理以外的事务都推给了老费，不过老费也有他的挑战，新上任的财务总监于妙玲是个四十多岁的美熟女，有着很多年的财务管理经验，是个人才，泰格的账目她研究了三天，第四天给出的分析让颜艺看了都服气，但是于女士本事大脾气也大，老费还需要时间和这个总监好好磨合。

颜艺坐在自己的电脑前，戴着黑框眼镜，她在办公室里的时候最有安全感，仿佛老僧坐在禅房里，已臻化境。直到前台的小姑娘怯怯地敲她办公室门，她才意识到，这一坐，已经过去了三个小时。

“小颜总，外面大厦物业的人上来说，咱们的水管漏水，把下面楼层的天花板打湿了，他们需要进来检查一下。”

颜艺点点头：“可以。”她继续投入工作，小姑娘没有走，犹豫着说：“今天管后勤的张经理不在，您能不能去现场一下？他们需要咱们管理层的签字。”

颜艺想了想，她也需要换换脑子，于是和小姑娘一起带着物业张经理和水电工进来，看着他们打开管道阀门检查，她无聊地在旁边抱着胳膊站着，水管工低头察看漏水情况，可能是程度超出了他预先的估计，一直埋头干活不言不语的他低声骂了一句粗话。

颜艺原本已经蛰伏的怀疑突然在那一刻苏醒，因为水管工骂出来的这一句，从口音到粗话的内容，和那天夜里她听到和颜朗通话的那个男人骂出来的，声音完全一样。

也就是说，前几天和颜朗在电话里争吵的那个男的，和水管工是同一个人。每个人都有自己独有的音色，那种像是烟瘾重或是久咳的人的声音，她不会听错。

颜艺按捺住已经快要爆炸的神经，装作闲聊，问水管工："师傅，听您口音不是本地人啊，您是哪儿的人呢？"

水管工改用普通话："沧城的，出来十年了。"

颜艺的记忆瞬间被拉回七年前，给颜朗做不在场证明的那个证人也是沧城的，颜艺记得很清楚，那天去公安局，工作人员核对证人身份信息的时候，提到了证人的籍贯。

怎么会这么巧？

水管工还在絮絮叨叨地抱怨津洲的工资没有预想中那么高，养不起老婆供不起孩子，颜艺后背发凉，仿佛一盆冰水从头上毫无防备地淋下来，连头皮都是麻的。

眼前的这个水管工，为什么现在还会和颜朗有联系？颜朗和当年的证人，还有这个人之间，到底有什么不可言说的秘密？

颜艺浑身发寒，心脏怦怦跳，仿佛自己窥视到了最亲近的人最不可告人的一幕。

就像她多年前，第一次撞见颜朗亲吻徐婉静的那个傍晚，她听见心里有什么东西轰然崩塌。

（11）

颜艺不喜欢徐婉静，这是她很久之后才意识到的。

如果说，辛奶奶的民间孤儿院是这个城市的异类，那么徐婉静就是这个异类身上开出的最娇艳的花。

辛奶奶结过婚，丈夫在她很年轻的时候就去世了，夫妻感情很好，辛奶奶也没动过再嫁的心思，可是又特别喜欢孩子。20

世纪70年代，津洲市的福利院因为种种原因，容留不下太多的孩子，只好将其中一部分孩子暂时转移到有抚养意愿的家庭中，辛奶奶的堂妹在福利院工作，在她的帮助下，辛奶奶接回了两个孤儿，从此开启了收养孤儿、弃婴的路途。

二十多年前的一个清晨，一个刚出生五天的女孩被父母遗弃在辛奶奶家门口，装着她的小纸箱里留了一张纸条，写明家里女孩太多，不想养了，求好心人收养。辛奶奶爱极了这个有着甜甜酒窝的女婴，取名婉静。

颜朗和颜艺来到云阳北里辛奶奶的小院时，徐婉静已经十二岁，那时的她已经出落成一个亭亭玉立的少女，虽然没有完全长开，但她皮肤雪白，一双顾盼有神的眼睛，走到哪儿都让人不相信她是破落的云阳北里养出来的女孩。颜艺总觉得婉静身上有一种奇怪的东西，想让人多看她一眼。

相比之下，她觉得自己是只丑小鸭，如果说徐婉静是云烟北里这个贫民区的公主，那么颜艺最多也就是公主身边的小宫女。不过颜艺的自卑没有持续太长时间，她傲人的学习成绩让她一点点自信起来，徐婉静的成绩就要差了很多，读完职高去了一所职业学院，毕业之后在一家私企做文秘。

那年秋天，颜朗带回来一个好消息，他通过了华荣集团在津大的实习生招聘计划，即将进入华荣集团，成为一名实习生。

这一点也不奇怪，他刚上大三，但他的成绩年年都是全学院最好，就连奖学金也拿到手软，异常优异的成绩、学生会主席的头衔、早早考下来的注册会计师证书，以及GRE接近双满分的成绩，不可能不会引起业界最顶尖的华荣的注目。

晚饭后，颜艺写完一张卷子后觉得口渴，去厨房找水喝，不知是厨房里的两个人太过专注，还是院子里秋风乍起，掩盖了她的脚步声，直到她撞到厨房里的一幕，那两个人也没有注意到她。

那是一个甜蜜而缠绵的吻。颜朗的唇覆盖在婉静的脸上，温柔又怜惜，像是在呵护一只刚出生的雏鸟。他们沉醉在这个漫长的亲吻里，没有发觉门外无意中偷窥了这一切的看客。

仿佛是那个无意撞破了一切的人犯了错，颜艺惊慌地掉头就走。已然是11月的天气，白天明明还有余温，可是快入夜的时候却真正冷了起来。颜艺端着杯子躲在屋子里，心绪不宁，这一切超出了她的意料，只能默然从脑子里搜索过往有关的蛛丝马迹。

是晾衣绳前颜朗偷偷将婉静的长发缠绕在指尖的那个午后，还是递送东西时两个人无意触碰到一起的手，颜艺不得而知。她的胸口堵得慌，像是有一座坚固的堡垒，在那个绵长的吻面前，轰然倒塌。

只属于她的、密不可分的、相依为命的、无微不至的、血肉相连的，既是兄长又是密友的哥哥，现在她要和另外一个女子分享，抑或是拱手相让，这一切让她措手不及。颜艺用手指无意识地敲敲手里的杯子，清脆冷冷的声音，像是从她空荡荡的心房里发出的回响。

几天后的夜里，颜艺和七岁的幸福、五岁的美美都已经睡下了，婉静下班回来推开西厢房掩住的门，蹑手蹑脚地走了进来，颜艺翻了个身，假装仍在睡着，眼睛却微睁，打量着对面那个二十三岁的女子。

月光很好，勾勒着年轻洁白的躯体，婉静放下绾住了一天的盘发，趁着微弱的光亮，抖散漆黑柔软的长发，她把脚蹬在床头，慢慢地脱下腿上的丝袜，露出脚趾上的丹蔻。

她没有发现对面偷偷窥看的眼睛，顺手拉开穿了一天的劣质连身制服，脱下来，反手从后背想解开文胸的扣子，试了两次，在最终打开的那一瞬间，颜艺的脸都热了。

那一对白鸽一样的胸脯，在月光下闪得耀眼，随着她的每一次呼吸，每一个微小的动作，仿佛有了生命一般，似乎随时振翅欲飞。

颜艺把自己发烫的脸往被子里埋了埋。她不想看到婉静，在今晚的月光下，颜艺被那具美好的躯体震慑得不能发声。

颜朗上了大学之后多数时间都住在学校，他要上课，要当家教，还要有学生会的活动，除非是周末回家换洗衣服，平时颜艺很少能碰见他。在撞破他跟徐婉静的秘密恋情后，颜艺发现颜朗往辛奶奶这儿跑的次数明显多了。

颜艺装作不知道，要么还能怎样呢，她支持或是反对，都没有任何的意义。颜艺年龄稍长，虽然不太爱和同龄人来往，但也偶尔听说过班里的女生和谁谁谈恋爱了，她有时也会好奇，偷偷地打量传闻中的女孩，那个女孩无所谓别人的眼光，偷偷地在课间掏出小镜子精心地描好眉毛，然后在放学时眉飞色舞地和绯闻中的男生一起笑闹着走在一起。

爱情是什么，颜艺在那个年纪不懂，但是她也隐隐地察觉到，爱情是会让人愉悦的，就像徐婉静和颜朗，他们之间对望的眼神柔软得像是春风荡漾起的湖面。颜艺心知，像他们这样成长环境的孩子，生命里太缺温暖与爱，所以他们贪恋一点点的火光。

道理她比谁都懂，颜朗有权利喜欢任何人，他像陀螺一样连轴转着打工，赚来的钱给徐婉静买价格不菲的彩妆和衣饰，而他身上的毛衣磨得起球了，也舍不得买件新的。她周围的同事们爱打扮，徐婉静身为长得最漂亮的那个，自然也不甘落后。颜朗愿意赚钱给她花，即使累到回家懒得跟妹妹多说一句话，也要拼了命满足女友那一点点虚荣心。

颜艺的心中有巨大的空洞，本来有颜朗帮她填补，现在颜朗不再专属于她，颜艺听见那个空洞里，有的只是在胸膛不间断的、声音闷闷的回响，空荡荡的，只有她自己对自己说话的声音。颜艺觉得，自己再次被抛弃了。

更深的孤独向颜艺袭来，她不知道该如何招架。

半个月后，徐婉静穿着华荣的制服在镜子前喜气洋洋地转来转去，美美和幸福羡慕地围着婉静，伸出小手把那身后勤冬季套裙小心地摸着。颜艺在旁边不出声地看着手里的参考书，眼睛却偷偷地瞥着婉静。

徐婉静也不容易，凭自己的本事跳槽进了华荣，虽然只是后勤上的员工，但也是很难的，也许是爱情的力量，想和颜朗比翼双飞的念头，才能在她的身上鼓动出这样巨大的动力。

不知她的父母是不是南方人，徐婉静的相貌有着不同于北方女孩的温婉轻柔，尤其是一低头时的风情，不由得让人想起徐志摩笔下那朵娇羞的水莲花。可能是爱情的滋润，外加工作顺心，婉静这两天的脸上总是洋溢着春风拂面的微笑，颜艺想，如果婉静是含苞待放的桃花，那自己就是玉门关外的骆驼刺了吧。

正在愣神，徐婉静在颜艺面前晃晃手，她才反应过来。徐婉静笑着问她："你哥说，他想让我把他的棉服带过去，小艺你知道放在哪儿了吗？”

颜艺忙去找，徐婉静接过来，先是细细地掸了尘，又仔细地叠好，放在包里，小心翼翼地怕压出褶皱。颜艺不出声地想，以后哥哥的事，自己可能是插不上手了。

也好，只要哥哥好，只要颜朗能够幸福，没有关系，她不介意，也不会生气的，可是越这么安慰自己，颜艺越止不住眼眶里越发深重的酸胀。

过了很多年后她才懂，如果当时的她真的讨厌一个人，那就是她自己。

每周两节的信息学奥赛辅导课上，颜艺发现了一张新的面孔。

这个男生她不陌生，她帮他修过自行车，让她疑惑的是，他竟然成了她的同桌。颜艺有些别扭地坐下，身边的那个叫童岸的男生笑眯眯地跟她打招呼：“以后多关照。”

她拘谨地点点头，视线落回自己面前的课本上，她心无旁骛地看着习题，却不知身边的这个男生的眼里，满满的都是自己的身影。

童岸对颜艺示好的举动，像是春天里的风，无孔不入，高二年级已经有人悄悄传言，说是学霸和校草好上了，于是便有人捕风捉影，可惜颜艺极孤清的一个人，这些人想打听也无从下手。

于是有好奇的男生挤眉弄眼地问童岸：“说说吧，放着校花肖潇不喜欢，怎么就爱七班学霸那一款的？”

童岸的嘴角带了若有似无的笑：“谁跟你说的我喜欢她？”

“你爸不是刚捐建了一个机房，还命名为华荣计算机实验室，才让你进的信息奥赛辅导班？”

童岸脸一沉：“别瞎说啊，那个机房本来就在华荣的教育培养基金计划里，让你们说得我跟个草包一样，我也是凭自己能力考进去的好不好，不信你们就去校务处查我的成绩，再说了，那么难学的东西，我要是不感兴趣，去了也是折磨自己。”

一群男生起哄怪叫“哦——”，拖了长长的尾音，有人打趣他：“听说童少还要跟学霸联手参加市里的计算机比赛，可别在人家面前露了怯！”

童岸脸上浮现出轻松的笑容：“哥的实力也在这儿摆着呢，要不是成绩好，学校怎么可能会派我参赛？这就像打游戏一样，两个人实力相当才能做搭档，明白吗？”他不放心地补了一句，“还有，你们谁要是敢在颜艺的面前说我家和我爸的事，小心我揭了你们的皮。”

男生笑得神秘莫测：“你心虚什么，人家七班好多人看见过你给学霸书桌里塞东西，敢做不敢认了？”

童岸也神神秘秘地压低声音，旁边的几个男生一见他有悄悄话要说，以为是什么不得了的秘密，都凑上来。

童岸揽过其中一个的脖子，嬉皮笑脸：“好多事情我不能明着告诉别人，这有什么不敢认的，说心里话，”他故意停顿一下，“其实，我真正喜欢的是你。”

男生们这才反应过来被童岸耍了，四下作鸟兽散，童岸不出声地笑，这个笑落在无意中经过的颜艺眼里，那时的童岸，仿佛夏天里暴晒在正午阳光下的金色麦穗，健康、饱满、明朗、热烈。

那天奥赛课间她掏出耳机听音乐，没想到童岸看见了，从她耳朵上拿过一个耳机，她想阻止已经来不及，他皱起浓密的剑眉问她："怎么没有人唱，光是小提琴的声音？"

她有些不好意思，对于这个同桌，颜艺总是保留着一份距离，即使下个月两个人就要搭档参加市里的计算机比赛了，她对童岸还是有些陌生。

他摘下耳机还给她，颜艺才小声地说："这是布鲁赫的《第二小提琴协奏曲》，因为演奏难度比较高，不太普及。布鲁赫的三首小提琴协奏曲，以第一首最为出名，经典中的经典。第三首《苏格兰幻想曲》，被海菲兹发掘出来并演奏后，也成了名家演奏的曲目。唯独是这首D小调第二号小提琴协奏曲，却极少有人演奏。"

他的眼睛里全是好奇："你喜欢古典音乐？"

颜艺笑笑："我就是瞎听，没什么特别的喜好，"她低下眼睫，话语里似有无限的感慨，"有心事的人才会听得进去，无忧无虑的人，听不懂里面的故事。"

童岸没再多问什么，放学的路上，他明明已经骑过了那家唱片店，却又不知因为什么掉头回来，在架子上胡乱拿了几张古典音乐的唱片。晚上写完功课，他躺在床上戴着耳机听唱片，开始时只觉得嘈乱艰涩，后来慢慢才感受到音律的美妙，特别是脑海里浮现颜艺纤细的身影时，更觉得丝丝入扣。

颜艺不是他最初想象的那样单调，她的每一个侧面交织在一起，孤儿、学霸、爱听古典音乐、聪明，还有孤僻外表下的热情与羞涩，都让他觉得新鲜极了，仿佛每发现她身上一个不为人知的特质，都是他独有的珍宝。

市中学组计算机大赛的成绩下来了，颜艺和童岸搭档，获得金奖，喜报贴在校门口的告示牌上，围了一群学生在看，童岸奋力挤进去，看清楚了上面的每一个字，按捺不住内心的狂喜。

他犹记得比赛时颜艺的样子，和往日清淡柔弱的样子完全不同，初赛比试的是大数据的算法设计和调试，颜艺开始展露凌厉独到的风格，最初童岸还勉强能跟上她的节奏，到复赛进行数据建模的时候，在童岸的眼里，颜艺就像一个身经百战的将军，面对来势汹汹的敌人，调兵遣将，手起刀落，丝毫不把对手放在眼里，他一边感叹颜艺可怕的思维运作方式，一边讶异她对高等数学的涉猎，后来才知道她哥哥是津大金融学院的高才生，辅导妹妹简直就是手到擒来。这一战，童岸才真正领略到颜艺的强大，他能辅助她大比分赢下这个比赛，与有荣焉。

人群外站着一个颜艺，她只是远远地看了看，刚要转身，童岸奔过来，他脸上有抑制不住的快乐，不知为什么，看到童岸开心的样子，颜艺觉得这个奖拿得还算有些意义，她不在乎名次和奖项，比赛厮杀时的兴奋，还有不菲的奖金，都比虚名来得实在。

童岸满心的欢喜，冷不丁给了颜艺一个大大的拥抱，颜艺吓傻了，再回过神，童岸已经跑远了，颜艺愣在原地，心脏狂跳，她的大脑短暂缺氧，众目睽睽之下，一向严肃高傲的颜艺，手足无措地站在那里，脸红得像是天边的火烧云。

活动课是两节课的时长，乒乓球馆建在体育馆的二楼，三楼是篮球馆，号称全津洲市中学里最豪华的篮球馆，两年前国家级篮球联赛的半决赛就是在这里打的。学生们很少去三楼，虽说开学时由学长带着熟悉校园的时候来过，但男生们打球的机会不多，可能学校也觉得一直封闭球馆不是个办法，于是定期开放给学生使用，恰好今天楼上有班级之间自发组织的比赛，球场四周的观众席上三三两两地坐着观众，打球的是六班和七班的男生，个个身手矫健，不断地跑动和传球，偶尔有投中，观众席上传来一阵阵的喝彩声。

颜艺没想来观战，她在二楼跟同学打了一会儿乒乓球，打完了要把拍子和球还到三楼的器材库，颜艺的目光突然被里面跑动的身影吸引，她不自觉地把脸贴在玻璃上，朝里面张望，不想球从一个男生的手里滑出，直奔她们而来。

篮球滚到她的脚下，可惜隔着门，没办法捡，走上前来拿球的人是童岸，他擦擦头上的汗水，不紧不慢地走上前来，弯腰拿起球，出其不意地在她面前晃了一下，吓得颜艺往后一退。

恶作剧的目的达到了，童岸眯起眼睛咧开嘴笑，露出洁白的牙齿。颜艺看着他跑回球场，稳住心神，她莫名地觉得，亮出两颗虎牙的童岸，像一只游荡在丛林里的小野兽，有些危险，又有着难言的诱惑。

“很帅很心动吧，”有个听起来不陌生的声音在她耳畔，似乎捕捉到了颜艺内心最微妙的波动，颜艺侧过脸，首先映入眼帘的却是一张鲜红欲滴的樱唇。

“你知道我最讨厌你什么吗？你明明喜欢童岸，却不敢要，虚伪得要死，可惜了童岸的一片真心，你配不上他。”

颜艺不知该说些什么，被说中心事的感觉有些慌张，她低了头，在肖潇面前落荒而逃。

颜艺还清晰地记得，哥哥刚刚与婉静相爱的那段时间，颜朗周身散发出来的气息，干净而甜蜜。

她失落过，也孤独过，像是与哥哥合力支撑着，面对孤苦的寄养生活，可是现在哥哥找到了自己的幸福，颜艺也不想打扰他们。

他们兄妹，幸福的光阴太少，颜艺愿意成全颜朗，哪怕她不是那么喜欢徐婉静。

其实那段时间，对于颜艺来说，似乎也没有那么难熬。时间转眼到了高三，有时她留在奥赛教室里做题，她戴一只耳机，童岸戴另一只，安静地听着音乐刷题，窗外雨声潺潺，整个世界仿佛只剩下了她和身边的少年。

童岸正经的时候也不讨厌，他会兴致勃勃地给她讲他迷恋的汽车模型，还有NBA篮球赛，以及未来出国学汽车设计的愿望。

她只是安静地听着，他说的一切，颜艺不懂，童岸问她对未来的打算，颜艺摇摇头，说没有想过那么多，未来走一步算一步。

童岸有些着急，抬高了声音："你是不是脑筋不清楚啊，你这么好的成绩，上津大都委屈了你，你就应该去最好的大学，学最好的专业！"

颜艺有些意外，她的事情，为什么童岸会莫名地气愤，她从来没有想过自己能够拥有冠有"最好"两个字的东西，可是眼前这个男孩，斩钉截铁地认为，她是当之无愧的。

不是不感动，在所有人认为，你是个孤儿，能吃饱穿暖就是你最大的幸福，至于其他的想法和愿望，都是心比天高的奢求的时候，有个勉强能算得上朋友的男孩，坚定地认为你也可以追求"最好"的人生，颜艺的心底，像是北方冰封许久的河流，终于遇上了和煦的阳光。

如果天色晚了，他主动要求送颜艺一程，哪怕是到离她家不远的街口。有时路上人多车多，骑得慢了，颜艺也会和童岸聊聊天，她偶尔提起她生活的地方，她在童岸面前自然地说起“奶奶”，还有“弟弟妹妹”，童岸心知肚明，但不想把话说破，他愿意装傻。

夕阳打在颜艺的脸上，她年轻稚气的面庞，有淡金色毛茸茸的光泽，终于有一天，颜艺骑车行驶在童岸的身侧，有些羞涩却坚定地对他说：“我想读计算机系，去最好的大学。”

年少的颜艺和童岸不知道的是，在人生的河流里，有一个不知名的渡口，即使有一天他们驶离它很久很远，仍然会随时想回到这个渡口靠岸，去寻找它的气息和风景，这个渡口，就叫作青春。

童岸定定地注视着身侧女孩脸上初现的风采，她不是没有实力，只是缺少自信，而一旦自信的光芒绽放，眼前的颜艺就有了不一样的美丽。

心脏的跳动准确有力地传达出异样的感受，和当初对她身世的怜意不同，童岸第一次觉得，她其实并不需要他的保护，她甚至在某些地方，比他还要强大。

那一刻，不管他对未来多么野心勃勃，多热爱自由，童岸第一次觉得，似乎只有陪伴在颜艺身边，才能安抚好悸动失速的心跳。

真是的，从来没有这么失控过，童岸轻轻叹口气，摇着头自己笑，算了，承认喜欢她，又不是什么丢人的事。

到了四月份，随着一次次模拟考试的来临，学校里高三年级的复习备考已经到了白热化的程度，到处都是苦读的身影。童岸和颜艺走得很近，一向爱八卦的同班同学也没有精力顾及他们，一个早已确定要去国外读大学，一个是永坐年级前三宝座的学霸，高考的压力对于他们来说简直算不上什么。

肖潇参加完某个艺术类学校的提前招生后，童岸听她缺乏热情地谈论她要去的那个舞台剧专业，无非是她妈妈陈宝珠神通广大，把KTV水平的肖潇运作进了知名的音乐学院。肖潇说，只要高考不砸锅，基本就是那个大学了。她的脸上没有任何的兴奋，童岸明白，肖潇不过是任凭她妈妈摆弄的小孔雀，她对自己的人生，没有任何的话语权。

“我妈说，女孩子学个艺术类的专业，以后好找个豪门婆家，反正她也不打算让我出来工作。”肖潇勾着头，指尖在栏杆上无意识地敲动着。

“那你呢，就这么甘心让你妈安排了？”童岸的语气里也有恨其不争的嘲讽。

“随便吧，我就是跟她争了又能怎么样，我的学费生活费谁给？我是不打算住宿舍的，我受不了跟别的女生睡一间屋子，我已经想好了，音乐学院附近就有高档的酒店式公寓，连卫生也不用自己做，我就住那儿，反正是我妈掏钱。”

童岸无语。看着肖潇一脸满不在乎的样子，他第一次觉得一起长大的这个女孩的愚蠢。蠢到不自知，也是一种生存的策略吧。

楼道里出来透气的学生不少，童岸挪了个位置，不经意地抬眼，透过教室的大玻璃窗，看见伏在课桌上奋笔疾书的颜艺。她说过，回家还要照顾弟弟妹妹，帮奶奶做点儿家务，没有太多的时间完成作业，只能把课间的每一个十分钟利用起来。他刚知道的时候，有些可怜颜艺生活的艰辛，现在，他更可怜的是肖潇这样的寄生虫。

就算把颜艺扔进荒无人烟的大沙漠，这样的女孩，说不定也能用仙人掌做菜吃，她有顽强的蓬勃的生命力，像是塞外的白杨，倔强、挺拔、昂扬向上。

顺着童岸的视线，肖潇自然捕捉到了颜艺埋头苦学的身影，她哧地一笑，毫不客气地说："你可真有意思，一个光知道学习的土包子，有什么好让你看上的？"

童岸斜了她一眼："是有点儿土，可她成绩单上的分数好看啊，人家自理自立的本事高啊。"

肖潇倒也不生气："不是我泼你冷水，她配不上你，你也没法屈就她，真的，趁早收了你的心吧。"

"你管得着嘛，先操心自己家得了。"

"上次她看你打篮球，我就提醒过她，没想到她还越战越勇了？"

童岸这才听出味道，一脸的欣喜："她还来看过我打球？什么时候？我当时帅吗？得分了吗？她给我加油了吗？"

肖潇一脸受不了的样子："白痴死了，赶紧把你那副蠢样收起来。至于吗，一土兮兮的傻妞，也值得你这样。"

童岸不为所动，越看玻璃窗里的颜艺，越觉得赏心悦目，真是奇怪，怎么会有女生写作业的样子都那么好看呢？

土就土吧，蠢就蠢吧，童岸满心欢喜，土和蠢，本来就是天生一对。

转天上午童岸有意无意地往颜艺的班级去了好几次，每次都没看到她的身影，童岸有些纳闷，又不敢逢人打听。好不容易到了下午放学，他在楼道里堵住了颜艺的同桌，这才知道，颜艺早自习的时候就被班主任叫走了，说是她家长找她，有急事，必须回家一趟。

童岸疑惑，她的家长，不就是收养她的那个奶奶吗，这么着急，想必不会是小事。他知道了原委，谢过那个女生，转身准备走，对方喊住他，说颜艺让她帮着带个话。

“她说，放学让你别等她了，早点回家。”

童岸莫名地心底一暖，有些不好意思，脸上顿时热了。

原来，被颜艺惦记在心的感觉，真的很不错。

（12）

薛司宇闲来无事，想起车子音响有些异常，趁着午休时间不忙，开车到宏达车厂找童岸来了。

一进门，和前面负责接待的小平头打了招呼，小平头说童岸在后面修车呢，薛司宇也不多话，指着自己的奔驰车，说跟童岸已经说好了，他的车，童岸必须亲自动手。

小平头见薛司宇衣着讲究，知道这个车主来头不小，再加上最近杜老板对童岸青眼有加，他不好得罪风头见起的童岸，只好安排童岸加个急单。

童岸一看车就明白是薛司宇来捣蛋了，他一边查看车子一边问他：“说吧，我什么时候跟你说好了的，你的车我义务修？”

“上高一的时候说的，你都忘啦？”薛司宇嬉皮笑脸的，“你记性太差，怨不得我记性好。”

童岸拧开音量开关，仔细听了一会儿，再看看其他地方：

“没什么大毛病，把旋钮调整一下就行了，不过你这音响有些失真，算不得好货，当时提车的时候你疏忽了。”

他扭头看薛司宇：“你听说过‘柏林之声’的音响吗，那才是真正的好东西，我在德国时开的那辆野马，花了大概不到三万欧，装了一个，那种震撼力，那种让你头皮发麻的感觉是其他音响根本给不了你的。”

薛司宇明白童岸这辈子最大的爱好，一个是车，一个是古典乐，他说的，肯定是行家才会知道的，可惜他平时也就听听电台，没这个必要。

他这趟来还有别的目的，他看童岸的样子不像吃过午饭，便邀请他出去吃饭，童岸摘了手套正准备跟他往外走，杜薇迎面进来了。

她见童岸要出去，上前抱住了他的胳膊：“说好了等我一起出去吃饭的，又变卦了……”

薛司宇冷眼旁观，童岸朝他这边抬抬下巴：“老同学来修车了，我总不能让他在这儿空着肚子等吧。”

杜薇没再说什么，踮脚在童岸脸上轻轻一吻，算是放过了他。

薛司宇和童岸在快餐店坐定，揶揄道：“现在喜欢这款的妞了？”

童岸翻看着菜谱，没好气地说：“我说你没事别老来修车厂找我，有些事等有机会了我自然会跟你说，瞎猜小心落下疑心病，”他把菜单递给薛司宇，“你看着点吧，我口味一直没变过，对人对菜都一样。”

薛司宇三下五除二点地好菜，他看着服务员离开，才笑嘻嘻地说："你的口味没变，不代表着别人的口味也没变，以前喜欢吃甜的，说不定现在就爱吃辣的了。"

童岸倒茶，装作没听懂，薛司宇继续戳他的痛处："我婚礼上的伴郎潘悦安你也瞧见了吧，全城知名钻石王老五，财政局的，刚提了正处，以后仕途无限的大好青年，现在正铆足了劲追颜艺，面对这样的男人颜艺要是能不动心，我敬她是条汉子。"

薛司宇虽然满嘴跑火车，但他说的，却是事实，童岸喝了口茶，不作声，那个男人和颜艺站在一起，在外人看来简直就是天造地设的一对，这种感觉让他很心塞。

薛司宇不知死活地继续这个话题："我结婚那天，他俩可是抢了我们不少风头，就连我岳母都看好他们，放出话来，要是潘家提亲，她就代表娘家妈出面打理这些事，我也是纳闷，怎么凭空就多了一个小姨子，还得给潘少当姐夫？"

童岸终于按捺不住："你聊点儿别的行吗，我躲了她七年现在你就在我耳根子底下没完没了地提她，烦不烦？"

"也是，不提了不提了，赶紧吃饭，我一会儿还得回去上班呢，"薛司宇把一碟梭子蟹往薛司宇眼前推，"尝尝这个，你当年除了颜艺之外最爱的，咱津洲的特产，只有这个季节才能吃到，多少年了，一吃这个就想起你一个人在外面漂着，吃得我心里不安生。"

他这句话是玩笑话，却不是违心的，两个人多少年的好朋友，一场变故天各一方，几年没有音讯，童岸的心里也不是个滋味。

童岸换了个话题："怎么样，新婚生活还适应吗？有没有好好对待骆雯？"

薛司宇笑："我哪儿敢不好好对待啊，我小姨子放话了，只要我对骆雯有一丁点不好，我所有的电脑她都能黑进去，里面那些见不得人的东西她都给我捣鼓出来。"他觑了一眼童岸，见他没有生气，又恢复了一贯的玩笑模样。

他接着说："说真的，要是说到对老婆好，我可不敢跟你比，虽说你没结婚，但是当年你对颜艺的那个劲儿，我真是自愧不如。"

薛司宇想起往事就想笑："你说你，上大学的时候怕颜艺舍不得买像样的衣服，在英国买了一堆Burberry，让店员搭配好寄回国，颜艺不懂得牌子，穿了一个学期，太招摇了，结果丢了贫困生奖学金，还跟你发了一顿脾气。"

童岸难得有了笑容："她对吃饭一向不上心，有个盒饭就能打发了，怕她营养不够，我大夏天在厨房学做糖醋鱼给她吃，油花溅出来烫了我一身水泡，"他低下头，脸上有怅然之色，"说起来也是六七年前的事情了。"

薛司宇放下筷子，双臂交叉抱在胸前，正色道："你心里记恨她哥哥，这是人之常情，这我能理解，但我说句公道话，你犯不着埋怨颜艺，她在整件事里有什么过错？唯一的错误就是她恰好是他的妹妹，你因此放弃和她这么久的感情，值得吗？"

童岸不作声，薛司宇继续说："人最怕钻牛角尖，钻进去也出不来，你和颜艺，都是重情的人，可惜好多事你俩都看不透，人就这几十年，扛着恩怨是活着，放下恩怨也是活着，要我选，我才会不牺牲掉自己的幸福。"他见童岸不说话，嘴角一勾，眼睛一眨，"你自己好好琢磨我这几句话吧，以前是你老开导我，现在也轮到我给你好好上上课，主要目的还是我家骆雯让我来探探你的口风，要你真对颜艺没想法了，她就要撮合颜艺和潘悦安了。”

童岸面无表情地把头靠在椅背上，心里一时间茫茫然，如同在沙漠中失去了方向，他原以为自己是恨着颜艺的，现在让薛司宇这么一点醒，似乎又觉得这“恨”来得没有道理，可是，若在她身上寄托这么多年的不是一个“恨”字，那会是什么，还会是“爱”吗？想到这里，童岸也搞不清楚自己坚持这么多年究竟想的是什么。

他只知道，他心里最痛的伤，是颜艺留下的，可这个伤，也没有令颜艺好过。

他真的能像薛司宇说得那样洒脱，放开手让她去寻找另外的幸福吗？童岸思索着，答案摇摆不定，一如他的心。

潘悦安长到这个岁数，从来没有被女生放过这么长时间的鸽子，他知道颜艺每天都忙得像是一只旋转的陀螺，可这个人做事的风格说一不二，她答应过的事情肯定会做到，可惜在和他吃饭这件事上，似乎她的记性不是那么好。

他跟着单位的考察团去邻省学习先进经验，返程时刚从高铁车站出来，就心急火燎地打了车直奔颜艺的公司。前台小姐通报进去，潘悦安以为能见到她，不想颜艺传出话来，正在紧急会议中，让潘先生在休息区等她一会儿。潘悦安只好喝着上好的蓝山咖啡，翻着手里的IT杂志，里面的内容他只看得懂广告。潘悦安不禁摇头苦笑，追求颜艺，真是一件自讨苦吃的事情，可惜，一想起她清丽的面孔，他就心甘情愿。

过了许久颜艺才出来，半个月未见，她的脸色稍有憔悴，但是精神很足，两只眼睛炯炯有光。

“不是说好了在骆雯家碰面吗，你怎么来这里找我了？”颜艺看着他大大小小的行李，笑着问他。

潘悦安一时语塞，他不能说是因为想念她，所以才迫不及待地来找她，一刻也等不了吧。他有些窘迫，只好推说：“我住处的钥匙放在我妈那里了，不想拖着行李去她那儿拿，离得太远，不值得，还不如直接来找你，蹭你的车去薛司宇家。”

颜艺抬腕看表：“那你等我一下，我把今晚加班的工作安排好，咱们就出发。”

潘悦安坐回原位，透过前台身后的玻璃隔断，看着颜艺跟手下交代任务，她专注地看着工作人员办公桌上的电脑屏幕，有时还亲自敲几下键盘。大约半个小时后，颜艺冲他晃晃车钥匙：“我们出发。”

潘悦安本想拒绝颜艺帮他搬箱子，可颜艺手快，拖着他的箱子走得飞快，他只好大步流星地跟上。电梯直达车库，当他看见颜艺的新车时，心里不禁小小感叹。

他早就知道颜艺的经济状况不错，但是没有想到她的实力超乎他的预想。颜艺利落地帮他把箱子放进后备厢，发动车子，朝骆雯家驶去。

“在我的印象中，搞IT的女的都是男人婆一样的，没想到你是个另类。”潘悦安打趣，“不过力气大这点我倒是没说错。”

颜艺墨镜下的脸莞尔一笑：“男人对女人总会有一些成见，比如漂亮女人都是花瓶，从事技术工种的都不太温柔，其实事实不是这样的，你知道爱达·勒芙蕾丝吗，她是查尔斯·巴贝奇计算机分析机论文的分析家，论文详细说明用该机器计算伯努利数的方法，被认为是世界上第一个计算机程序，爱达也被后人公认为是第一位计算机程序员。不过出乎后人所料的是，她的画像表明，她是个超级美女。”

潘悦安如听天书，但是他很喜欢和颜艺讨论男人女人的话题，这说明两个人之间的关系进了一步：“那你呢，你怎么定义自己？”

颜艺沉思了一下，专注地看着眼前的车流，潘悦安看不清她墨镜下面的表情，许久她才开口：“我是一个不会轻言放弃的人，也是一个喜欢刨根究底的人，跟性别无关。我在美国的导师跟我说过这样一句话，Yan，你要争取的是男人打破头也要拼到的东西，事业和财富都一样，不要安稳和舒适，那是你九十岁后的生活。”

他饶有兴味地看着她一本正经的样子：“除了事业和财富，你还有没有其他想要打拼的东西？”

“比如呢？”她侧过脸笑着问他。

“爱情算不算？”他趁机而问。

她沉默了许久，才开口：“我对爱情，没有奢求，也没有什么期待。”

一晚家宴宾主尽欢，骆雯和薛司宇不擅长下厨，干脆点了火锅外卖，伴着初秋微凉的夜风，四个人吃得很是酣畅。

颜艺最近因为公司的事烦恼，今天心情不错，胃口大开，再加上潘悦安殷勤，不断帮她添菜添肉，直至颜艺笑着摆手说真的吃撑了。骆雯对薛司宇使个眼色，认为俩人有戏，不想薛司宇装着倒饮料，几不可见地摇摇头，小声说：“根本不可能。”

吃完饭，颜艺抢着收拾碗筷，骆雯把她往外推：“你今天吃得多，怕你不消化，你去阳台上帮我把花浇一浇，要干死了。”

颜艺解下围裙出去了，骆雯一把把薛司宇拉进来：“我觉得两个人挺合适的，怎么你就不看好？”

薛司宇戴上橡胶手套，笑吟吟地说：“最适合颜艺的人是童岸，没有其他人选。”

“可是两个人现在这种情况，也不可能破镜重圆啊……”骆雯疑惑。

薛司宇还是笑：“那就看两个人的造化吧，童岸要是有那个好命，也许两个人还有得救。”

骆雯怔怔地看着颜艺的身影，喃喃自语：“真的会吗？我觉得潘少也不错啊，也许颜艺跟他会更幸福呢？”

薛司宇爹着两只水淋淋的手，小心翼翼地从背后抱住骆雯：“别操心颜艺了，她是生来自带满点技能，苦日子熬到头，好日子就该来了，没什么好担心的。至于童岸，就看他的觉悟了。”

骆雯有些怅然地看过去，阳台那边颜艺和潘悦安在摆弄花草，颜艺修剪枯死的枝叶，潘悦安给颜艺打下手，她蹲得腿发麻，干脆一屁股坐在地上。

远处有一盏秋月高高升起，潘悦安低头凝视颜艺望着月亮的侧脸，刹那间觉得自己有许多的话想对她说，一时又不知该怎么说出口。

她这么近地坐在他身边，可是潘悦安从来没有觉得她靠近过。颜艺的年龄，意味着她不是个在感情中懵懂的少女，可她总在有意无意地忽略他的示好。

潘悦安放低自己的位置，也学着颜艺坐在地上，从她的角度看今晚的月亮，果然美得不可方物，在他的眼睛里，真正难得的景色是眼前的女生。

潘悦安听见自己轻轻地说：“颜艺，我今年三十三岁，身高一八三，体重70公斤，没有不良爱好，偶尔小酌不过量，喜欢运动和旅游，钢琴在高中就拿下了十级，和你在古典音乐方面也算兴趣相投，有一百三十平的婚房一套，宝马5系代步车一辆，股票若干，父母健在，家庭和睦。”

颜艺不可思议地睁大了眼睛看他，潘悦安鼓足勇气继续说：“至于情史，长短皆有，但我一直秉承分手后即是路人的原则，不会有和前任纠缠不清的问题，”他觉得自己紧张得手心冒汗，“你说的‘对爱情没有期待’，是否意味着你会考虑和我发展出一段以结婚为目标的感情？这种感情不一定是爱情，可以从友情开始，也许有一天，你会发现，我还是一个靠谱的、值得相伴终生的男人。”

她曾经无数次地想，自己想要什么样的生活？年少的时候，她想的是以后能够吃得饱穿得暖，等到年纪渐长，她反而觉得，什么样的生活都无所谓，穷到极致的日子她能过，富到轻裘宝马的奢华日子她也不是没有经历过，对于她来说，和什么人一起度过并不漫长的下半生，才是最重要的。

她对未来的计划里，始终有另外一个人的身影，无论他们是相爱，还是反目，那个人都存在着，不同的是，颜艺总会适时调整那个人的位置，浮在心头，或者将他深深地压抑在心底。

她以为自己不再爱他了，每一次她对他的远离或者凉薄失望至极的时候，她也想过，跟谁不是一辈子呢，对我好的男生又不是只有童岸一个，我也会爱上其他人，我能做到的事那么多，出国读书，在最好的软件公司工作过，甚至自己创建了一家公司，为什么我不能爱上别人。

她不喜欢纠结、不喜欢矛盾，所以想找到一种最简单的活法，可以抱着这些简单的原则活一辈子。

但是，命运不会给她这种好处，命运给她出了最复杂的题，通过这种题来让颜艺醒过来，让她明白这种活法的局限。她在十七岁时爱上的人，是她生命里最珍贵的那道阳光，阳光没了，她陷入了更加荒凉的所在，她也无法再去接受别处投射来的光源。

也许，这是命运本身就在提醒她，她如果想拯救自己，唯一的途径就是重新找回那道阳光。

即使会灼伤，也胜过独自躲在黑暗里饮泣。

回家的路上，虽然潘悦安搜罗出很多的冷笑话来活跃气氛，车厢里还是弥漫着浓浓的尴尬。

颜艺婉转地拒绝了他，她不想伤害一个对她有明确好感的人，喜欢一个人不是罪过，这是她在一身伤痕之后才明白的道理。她说，她有感情上的问题需要处理，这个时间也许会很短，也许会很长，他不应该浪费无谓的精力在她的身上。

潘悦安的表白很世俗，一个高大帅气事业稳定家世良好的男青年，带着“结婚”的诚意来求交往，对于很多女孩子来说，不能不说是极具诱惑力的。

颜艺觉得，可能男生到了潘悦安这个年龄，真的是想成家安稳下来，只是就她现在的状态而言，她也不想耽误了他，市面上大把鲜嫩可爱的女孩子，以他的条件，不愁没有合适的结婚对象，不一定要把感情和精力耗费在她的身上，她不值得他这样。

车子停在潘悦安住的小区外面，颜艺拉好手刹，下车帮潘悦安卸下行李。两个人互相躲避着对方的视线，颜艺不打算多做停留，她道了声“再会”，准备离开，潘悦安却急急地叫住她，颜艺回身看着他，潘悦安又不知道该如何开口。

许久，他才认真地说：“如果你在今年年底之前，把感情问题解决后，还是单身，那你能不能考虑一下我？”他赶紧补充，“我条件真的很不错，你要是错过了很可惜，打着灯笼都难找。”

颜艺无可奈何地笑：“好吧，我也希望能在年底前解决这些事，但是你也不要勉强自己，我这样的，打着灯笼一找一堆，同款的也有很多。”

潘悦安勉强笑笑，冲她挥手：“赶紧回去吧，注意安全。”

颜艺点头，发动车子开出了大门，潘悦安怅然若失地望着她红色的汽车尾灯，不知道这样放她走，到底是对还是错。

颜艺是独一无二的，不是街上一抓一把的女孩子，所以才会让他不惜一切代价留住她，包括他最珍视的自由，可惜正像陈慕阳提醒的那样，她的心里，早就有人圈起了一道坚不可摧的城墙。

攻城之战，何其艰难。

颜艺回家的路上觉得有些口渴，便将车子停在了小区门口的便利店门口，进去买了瓶装水，还有颜朗平时爱喝的德国啤酒，又看见金枪鱼三明治似乎不错，打包了两个，准备做明天的早餐。

一想到颜朗，颜艺的心情瞬间黯淡下来，她坐在车里，不想回家，害怕在暖黄色的灯光下看见颜朗的眼睛，似乎眼神的对视，也能泄露颜艺心中的秘密。

趁颜朗不注意的时候，颜艺把那晚和他通话的手机号码记了下来，直觉告诉她，颜朗肯定有什么事情瞒着她，她压抑不住内心的好奇和疑惑，这几天，每天睡觉前她都要拨打一下。单凭一个号码说明不了什么问题，她利用自己的能力能查到的，也只是这个号码十年前就开通了，是个无记名号码，其他的什么也查不到。

嘟嘟嘟的声音，意味着长长的等待后，会有声音智能提醒，您拨打的号码无人接听。

颜艺准备挂机，不想这一次，手机通了，是一道粗重沙哑的男声，明显的沧城口音："谁啊？"

她紧张惊吓之余，一时不知该怎样回答，也忘了询问，对面的男人想是等得不耐烦，挂了电话。

颜艺没有想到能打通，试着再次拨号，那边已经关机。也不需要更多的言语，颜艺心里差不多有了结论。

想到那晚手机对面的男人，她喝光了整瓶水，心里的燥热还是不能消除，正想下车再买一瓶，颜艺看见远远地有车开过来，红色的阿斯顿马丁，在夜色的笼罩下依旧十分招摇，改装过的引擎震耳欲聋，引得路上不多的路人纷纷侧目。

那辆车停在马路对面，颜艺所在的小区里走出一个熟悉的身影，径直朝红车走去，拉开车门钻进副驾驶席，里面的一对男女似乎没有开车的意思，两个人在车里搂搂抱抱缠绵得很，颜艺看见那个男人抱着浓妆女郎，轻轻拥吻。颜艺赶紧拉起车窗，以免暴露自己窥测者的行径。

两个人她都认识，一个是颜朗，一个是阴魂不散的肖潇。

颜艺的脸火烧火燎的，这不是她第一次撞见颜朗和女性亲热，但是每一次带给颜艺的冲击力度，都让她招架不住。

那辆阿斯顿马丁的轰鸣似乎还回荡在耳边，颜艺失眠了，一向睡眠很好的她，困到上下眼皮打架，也没有丝毫想睡的意思，所有的疑问在深夜涌上来，颜朗是何时跟肖潇搅在一起的？他难道不知道肖潇的身份？他想要做什么？颜朗喜欢漂亮姑娘，这是他的私事，但他也有原则，绝不恋战，徐婉静死后没见过他对谁有长性，肖潇绝对不会是能让他收心的女人，他到底有什么打算？

这些疑问撩得她像是在沙漠里奔徙，干渴难耐，再好的咖啡、可乐、果汁，都不如给她一杯白开水来得痛快，颜艺不得不承认，童岸就是那杯水，救命的、解难的水，他带给她的那张借据，上面几句简单的词句和数字，也许就隐藏着揭开一切秘密后的真相。

（13）

颜朗出事的那天，离颜艺参加高考仅剩十天。

颜艺和辛奶奶接到消息，急匆匆赶到华荣集团所在地的派出所，没看见颜朗，只看见哭得眼睛红肿的徐婉静，她说，夜里的发生的事，晚上八点，她下了班就回宿舍了，宿舍没人，就她自己，正在换衣服的时候，后勤经理陈宝树醉醺醺地进来了。

她们的宿舍在后勤办公楼的顶层，三间由办公室改造成的女职工宿舍，当天晚上集团有联谊活动，其他的女孩子都去玩儿了，她要和颜朗去吃夜宵，所以没去。颜朗班里有事回学校，她准备回宿舍等他，谁能想到，经理陈宝树竟然有她宿舍的钥匙，还堂而皇之地进来了。

衣不蔽体的徐婉静看在醉乎乎的陈宝树眼里，比平时更加娇娆性感，陈宝树色迷迷地笑着，锁了门，追着惊慌的徐婉静打转。一个喝醉了的男人，在体力上依旧胜过女人太多，他轻易地把哭叫着的徐婉静压在身下，粗暴地扯下她身上仅剩的内衣。

就在这时，锁着的房间门被人用力地撞开，扑进来的人正是颜朗。陈宝树醉眼一看，不过是个没毛的小子，他才不担心，依旧想施暴，颜朗一把把陈宝树从徐婉静的身上拉起来，用力朝着他的胖脸揍去，陈宝树栽歪到一边，呼哧呼哧地喘着气。

颜朗看见徐婉静赤裸着身体惊魂未定地缩在床角，怒不可遏，陈宝树还不知死活地叫嚣："老子玩儿玩儿你的女人，是看得起你，你也不看看，爷在华荣……"

话音未落，颜朗怒火攻心，看见床边有一把木质的椅子，顺手拎起来狠狠地朝陈宝树砸去，陈宝树躲闪不及，正被砸中后脑勺，闷哼了一声倒在地上，颜朗犹不解气，依旧发狠地朝他连砸，徐婉静察觉不对，拦下了已经失去理智的颜朗。

陈宝树死猪一样瘫在地上，鼻孔里有殷红的鲜血流出，颜朗过去试试他的鼻息，几乎感觉不到，两人吓得手脚都软了。正在不知所措之时，晚归的同宿舍女孩们回来了，有说有笑地推开房门，立即被房间里的景象吓得尖叫起来。

不知是谁打电话报了警，也不知是谁叫来了救护车，颜朗和徐婉静坐在警车里，木然地看着陈宝树被抬上救护车。红蓝相间的灯光映照在颜朗的脸上，看不出什么表情，可他死死地攥着徐婉静的手，徐婉静疼得想哭，却没敢发出任何声音。

他们待在派出所里，等待询问，这一夜漫长得让颜朗想起母亲车祸的那晚，他和颜艺也是这样坐在医院的长椅上，惶惶然，很想做点儿什么，可是又没有办法。未来会是怎么样，是在劫难逃还是死里逃生，没有人能预测。

身边的女孩靠在他的肩上，沉沉地睡了，脸上的眼泪有一滴落在颜朗的衬衫上，濡湿冰凉。她这一晚上又惊又吓，睡梦中还皱着眉头。颜朗没有一点困意，他看着窗外的天色一点点亮起来，灰白色的，然后有了浅蓝的痕迹，他很想出去透口气，可惜现在寸步难行。

陈宝树没死，颜朗和徐婉静听到这个消息的时候，心底一松。其实颜朗在暴打陈宝树的时候，只是想给他个教训，徐婉静不止一次跟他提过，陈宝树老是骚扰她，趁她去经理办公室送报纸的时候，有意无意地摸她的手和脸，甚至暗示过，只要她愿意，不用来上班了，他给她租套房，每月两万块钱，只伺候他一人，比上班来得轻松。

颜朗气愤却又无可奈何，谁不知道陈宝树后面的靠山就是他的亲姐陈宝珠，华荣集团的半壁江山都是陈宝珠打下来的，就连董事长童志国，对她都要忌惮三分，何况区区一个无名小卒颜朗呢？颜朗叹口气，默默地把徐婉静的手贴在脸上，安慰她，等她合同到期，说什么也得辞了这份工，到时候他也能立足了，说不定婉静到时候就不用出来工作了，在家带宝宝，也能享享福。

两个人憧憬的美好生活就在这个夜晚破碎得一塌糊涂。陈宝树没死，脑外伤，颅骨骨折，现在还在重症监护室，陈宝珠正在四处奔走，希望能让陈宝树马上转到北京的医院进行手术。颜朗面无表情地听着这一切，他还不知道辛奶奶和颜艺已经到了派出所门外，他想，马上就要毕业答辩了，如果导师联系不到他，会不会影响论文修改？

拘捕通知书送到辛奶奶家的时候，颜艺听见辛奶奶极为细微的叹息，养了十多年的孩子，一直好好的，前途大好，怎么就到了这个地步呢？

那张通知书她折好放在堂屋的饭桌上，脚步踉跄，背影微驼，像是瞬间老了十岁。罪过啊罪过，她念叨着，颜艺不知道她说的是颜朗犯下的事，还是引起一切祸端的陈宝树。颜艺怔怔地望着辛奶奶的背影，惶恐又害怕。

明明是快入夏的天气，她却冷得浑身发抖，抖得像是深秋飘零的树叶，谁能帮帮她，她不能再失去唯一的哥哥，她只有这一个亲人了。

总得想办法救他，任何方法都可以，颜艺想。可是这个“办法”，就是一个虚无缥缈的幻觉，颜艺一个单弱的高中女生，陈家势大财大，叫嚣着要让颜朗把牢底坐穿，还放话出来，没有一百万赔偿金，别想有安生日子过。若真要置颜朗于死地，她又怎么可能去抗衡呢？

这些颜朗都一无所知。辛奶奶的小院里愁云惨淡，没有人敢笑，没有人敢大声说话，胡同里偶尔出现几个陌生的面孔，似乎是陈家派来监视他们的人，颜艺上下学都提心吊胆的，真正知道了“惶惶不可终日”的滋味。

那能怎么办呢，她只是一个即将高考的十八岁女生，辛奶奶年迈，除了这间小院也没有别的财物。徐婉静到处奔走，打听能帮颜朗的法子，谁都知道这无非是螳臂当车，再怎么努力，也阻挡不了被碾压的命运。

就在颜艺也觉得无望的时候，天无绝人之路，她放学回家，正遇上匆匆往外走的徐婉静，她看见颜艺，多日黯淡的眼睛闪亮了一下，她抓着颜艺的手，既喜悦又急切："小艺，跟我走！"

她们拦下一辆出租车往城市的另一头开去，街景由繁华到安静，颜艺知道，这是到了有钱人住的别墅区。徐婉静脸色焦灼，却依旧缄默，她付了车资，拉着颜艺按照纸条上的地址，一户户找过去。

徐婉静说，救颜朗的事有眉目了，辛奶奶提到一个人，以前胡同里住过一个邻居，现在在华荣集团董事长家里做保姆，她在家里破旧的电话本上找到了对方的联系方式，打过去一问，果然没错。现在她要做的，就是去董事长家里，求他出面，帮颜朗说说情，毕竟陈宝树是有错在先，这事不能全怪罪在颜朗身上。

这是徐婉静的最后一根稻草，她比溺水的人还要慌张，她宁愿现在身陷囹圄的人是自己，也不愿意是颜朗，她天性柔懦，可火烧眉毛的关头，她只好勇猛得像一头母狮。

黄奶奶倒是很客气地让她们进来等，说这家的女主人出去打牌了，不到夜里两三点钟不会回来，他家有个上高中的男孩，晚上有英语辅导，回来得也晚，但是董事长就说不准了。黄奶奶神秘兮兮地压低声音，董事长和太太关系不好，据说在外面另有一个家，今天可能回来也可能在外面过夜，说不准的。

徐婉静眼睛里升起的希望，瞬间暗了一下，那又能怎么办呢，已经来了，没见到人，她是不会走的，至于其他的，她只能尽人事听天命。颜艺把手里提着的高档烟酒放在客厅的茶几上，这花光了辛奶奶半年的积蓄，美美更换助听器的钱也在里面，辛奶奶说救人要紧，其他的以后再想办法。

童家的客厅很宽大，温度适宜，地上厚厚的羊毛地毯吸走了一切移动着的声响，越发显得这间屋子安静得能听到呼吸声。颜艺以一个姿势坐在真皮沙发里，时间一长，身体有些僵硬，她微微调整了一下姿势，视线随着她的脖颈转动，不经意间看见徐婉静微闭着双目，浓密的睫毛微微颤抖着。

颜艺明白，徐婉静也害怕，一切都因她而起，她内心的慌张和愧疚，只能掩盖在故作坚强的姿态之下。在这一刻，颜艺伸出手，轻轻地握住徐婉静冰凉的双手，徐婉静蓦然睁开双眼，黑亮的眼睛里满是感激。

日光透过层层叠叠的窗纱，一点点西斜下去，直到被地平线吞没，颜艺饿得有些头昏，黄奶奶给她热了一杯牛奶，她本想推辞，可抵不住饿意来袭，只好喝下去。徐婉静什么也不肯吃，满腹的心事堵得她胃里满胀。

抬头一看时间已经不早，九点二十分，徐婉静有些坐不住了，她手里的钱不够打车回家的，再等下去最后一班公交车就没了，徐婉静只好叫上颜艺回家。黄奶奶一脸歉意，仿佛让她们扑了空，全是她的过错，徐婉静劝慰了她两句，走出了大门。

颜艺走在徐婉静身后，暗夜里一道刺眼的车灯光直射过来，她本能地抬起胳膊挡住光。车灯未熄，司机匆忙下车拉开后门，走下来一个西装笔挺的中年男人，颜艺还在愣神，徐婉静已经快步奔了过去。

几秒钟之后，另一个少年的身影也从车上下来，熟悉得有些失真，颜艺怀疑长时间的饥饿让她所有的感觉都已经失调，她听不到徐婉静轻柔甜美地喊出的“童总”，也听不到拎着书包站在台阶下的童岸惊喜地叫出她的名字，她只记得那晚的车灯，刺眼的疼。

自从那天夜里在自家门口撞见颜艺和她姐姐，童岸一直没有机会再跟颜艺聊聊，颜艺忙着高考，也为她哥哥的事烦恼，他听黄奶奶唠叨过几句，知道事情没有她们想象的那么简单，陈宝珠不是个好打发的角色，他父亲在华荣还要忌惮她三分，更何况这次撞上枪口的是个名不见经传的小角色，天价赔偿是要定了。

童岸早餐的时候装作不经意的样子跟父亲打听，童志国似乎不愿多说，直接把话题转到童岸去英国上大学的专业方向上。

父子俩在这件事上一直有分歧，童岸心心念念的是汽车设计，他痴迷于车，这是从小的爱好，打死他也不会学童志国给他选定的商科。因为这件事俩人吵过架，也冷战过，胳膊和大腿谁都拧不过谁，所以这个事情，一直悬而未决。

童岸噙着筷子有些出神，他的脑子转得飞快，他深知父亲是一个地道的商人，商人是需要谈条件的，没有好处和利益的事情不会白白去做。他偷觑了一眼低头看股市消息的父亲，又想到那晚颜艺苍白的脸色，和不安的神情，她手里提着烟酒，在熟悉的同学面前羞赧得想找个角落躲起来，童岸的心隐隐地不安，要知道那可是颜艺啊，称霸全年级的大神，竟然会以这样的姿态出现在他的面前，他也想找个地缝钻进去。

童志国瞟了一眼若有所思的儿子，不动声色地继续看手机上的大盘走势图，童岸这几天一直是恍惚的神情，在家里本就话不多，现在更少了。

童岸三两口吃完盘子里的食物，擦擦嘴，郑重其事地对父亲说：“爸，我去英国留学选专业的事，一切听您的安排。”

童志国笑笑：“你做这个决定，不是因为想通了，准备毕业以后帮我打理集团的事吧？”

早晨明晃晃的阳光打在光滑的胡桃木餐桌上，今天预报的气温又将是近期的新高，童岸莫名地焦躁，明明还不到最热的中午，他的指甲抠着桌面，生疼，他听到自己的声音从胸腔发出来。

“帮帮那个姓颜的吧，他是我喜欢的女生的哥哥，我知道这件事情里，除了您没有谁能说得上话，您帮了姓颜的那个员工，我听从您的安排，也让我在同学面前有点儿面子，就当给您儿子一个机会，她对我很重要。”

再后来的日子就没有那么慌张了，颜艺听徐婉静说，童总答应出面调解一下，陈宝珠那边虽然态度强硬，但毕竟陈宝树有错在先，这事要是深究，谁的脸上都不好看，再说集团里有的是等着看她家笑话的人，还是大事化小吧。

颜朗的判决很快就下来了，五年有期徒刑，外加十万的民事赔偿金。那天正是颜艺高考的第一天，她考完第一科回家，正好撞上邮政的人来送信，辛奶奶在胡同口守着小卖部，颜艺顾不得擦一把热汗，站在院子里的日头下拆开了信封。五年，十万，这四个字眼炸裂在她的眼睛里，黑色的字体触目惊心。

颜艺的大脑一片空白，她下意识地想把这张薄薄的纸藏起来，也许藏起来就没有人知道即将发生的一切，也许一切都算不得数，颜艺的眼睑控制不住地颤抖，她看着自己的兄长陷入深海，可她无能为力。

剩下的几门科目，颜艺不知道在考场上是怎么度过的，远处似乎总有钟声，一下下撞击着她的耳膜，嘈杂得不能让她静下心来好好答题，明明那些题目简单易答，可是她的脑子里总是回荡着巨大的钟声，片刻不能宁静。颜艺草草地应付完纸上的题目，最后一科考试结束的铃声一响起，她第一个冲出了考场。

出来后才觉得心底茫茫然，数月备战的辛苦竟然就这么草率地打发了，颜艺踏出去的每一步，宛如踩在棉花上，有种不彻底的虚幻，直到听到有人喊她的名字。

等在校门外的是多日不见的童岸，他笑嘻嘻地递过来一瓶冰镇酸梅汤，等得久了，酸梅汤瓶子外面有了蒸汽凝结的水滴，颜艺没有推辞，她干渴得很，接过来咕咚咕咚地灌了下去。

她一口气喝了半瓶，燥热的胃里舒服一点，童岸本想问她考得怎么样，又觉得这句话实在多余，颜艺擦把汗，问他："你怎么来了？"

童岸一时语塞，该怎么回答，他一个不用参加高考的人，总不能说是来感受高考气氛吧，如果说是专门为了她而来，又有点儿说不出口。童岸一向心直口快，这时却只会愣怔怔地看着她。

颜艺查到成绩的那天，徐婉静兴冲冲地跑回家，脸上有了多日不见的喜色，赔偿款的问题解决了。辛奶奶问她上哪儿筹来的钱，颜艺敏锐地捕捉到徐婉静脸上的一丝迟疑和欲言又止，她没说别的，只说是跟朋友借了七万，再加上这两年工作攒下来的三万，正好堵上这个窟窿。

成绩单上意料之中的低分数带来的失落被这个消息冲淡了不少，颜艺心上压着的重担也稍稍减轻，赔偿款到位，陈家的人也就不会再来纠缠。可惜的是颜朗的大好前途，白白断送了，对一个优秀的年轻学子来说，这样的损失，又有谁能来弥补呢。

从那天以后，颜艺就很少在家里看见徐婉静的身影了，听辛奶奶说，她换了新工作，华荣她是待不下去了，现在在一家商场的鞋店里做导购，虽然辛苦，好在底薪过得去，只要肯下功夫，提成也能拿不少，借别人的钱迟早要还，多挣一点是一点。

拿到津大计算机系录取通知书的那天，颜艺出奇地安静，这个结果已经相当幸运，她有全国奥赛的好成绩，即使发挥失常不能去北京的top2，但津大在全国的高校里排名一直在前十，也算有个令人安慰的结果。

七月酷暑，蒸得这间小院落格外地闷热，颜艺给两个妹妹洗完澡，浑身是汗，安顿弟弟妹妹们躺下，拿了洗浴的东西准备冲个澡，刚走到院子里，听到有很小的敲门声。

颜艺的神经一下子绷紧了，前一段时间胡同里老有陌生的男人打转，辛奶奶叮嘱他们要看好大门，不要让陌生人进来，等到陈宝树的赔偿到位，这些陌生人也就消失了。可颜艺还是有些胆怯，她僵在原地不敢动，敲门声没有了，颜艺小心翼翼地挪到门边，想听听门外的动静。

敲门声又起，在她的耳边，不重不急地轻敲了几声，颜艺壮着胆子问了句："谁啊？"

"是我。"声音很低，但是很熟悉，颜艺心下有三分明白，打开大门。

站在门口月光下的是童岸，看得出他在门外徘徊了很久，地上一圈圈都是他的鞋印。两个人见了面，反而不知道该说什么，颜艺一整天心情不好，手撑在门框上，低垂着眼睛，重重的心事。

“那个……我今天去学校……听他们说，你落在津大计算机系了……”童岸嗫嚅着。

一个“落”字狠狠地刺痛了颜艺的神经。与同龄的女孩子相比，她没有出众的容貌，也没有优渥的家境，唯一能给她可怜兮兮的自尊心一点保护的，就是她傲人的成绩。实话说，高考前的变故确实在很大程度上分了她的神，颜朗那里兵荒马乱，她能坚持完高考已然算是成功，可她又怎么能允许别人用一种“哀其不幸”的语气来安慰她？

颜艺瞬间暴怒，她脸色铁青，可童岸没有察觉到隐藏在夜色里颜艺的表情，他还在自顾自地说：“颜艺，其实你去津大挺好的，津大的计算机系在全国都能数得上，听你们班主任说你担心学费的事，我可以帮你的……”

这句话更是入不得耳朵，本来那天在童家撞见童岸，他的身份在那一刻猝不及防地暴露在她的眼前，后来徐婉静有意无意地提起过，是华荣集团的老总亲自出面，才帮她们摆平了难缠的陈家。颜艺此时只觉得自己在童岸面前，渺小无助，十分可怜。

哥哥的事已经令她很是尴尬了，现在他又这样说，夜色掩盖了她烧得滚烫的脸颊，却压不住她心底的邪火，颜艺仿佛一瞬间被点燃，她吼了一声：“不用你来可怜我！”一言不发地死命把童岸往外推。

童岸不知所措，本来是想安慰失意的她，没想到颜艺却不领情，她的力气之大超乎他的想象，童岸反应过来她可能误会了自己：“你听我解释，我不是你想的那个意思！”

眼见颜艺就要把门关上，他也知道，颜艺的倔劲一旦上来，以后想再见她就难了，童岸不管不顾地伸手去挡门，而颜艺的动作更快，刹那间，童岸的左手被铁门狠狠地挤住，疼得他倒吸一口冷气。

颜艺也没料到童岸会这么莽撞，赶紧打开大门察看他的手伤，一道紫红色的伤痕触目惊心，颜艺后悔死了，暗自责怪刚才自己太急躁，只好让童岸进来坐一会儿，她去找云南白药给他涂上。

就在她转身的那一刻，童岸一把抓住她的手："我没事，你不用着急，刚才是我冒失了，没有考虑到你的心情，"他从没有这么低三下四过，"你别生气了。"

颜艺的眼眶有酸胀的热，她低着头看着两个人在月光下的影子，仿佛是以一种奇怪的姿势拥抱在一起，她脸上发热，才发现自己的手还被童岸紧紧地攥着。她想抽回，童岸却用更大的力气留住她。

夜色如水，周围一片寂静，只能听见夜虫的鸣唱，童岸听到自己怦怦的心跳仿佛要在胸腔炸裂，他手心里全是汗，湿漉漉的，只能让自己尽量镇定，可他还是在下一秒听到自己鼓起全部的勇气，说出积攒了很久的那些心思。

"我不是可怜你，颜艺，你这么强大，不需要我的可怜，"他停顿了一下，"我只是喜欢你，我喜欢你很久了，可是你不知道……"

颜艺大窘，她没想到童岸巴巴地大半夜跑来就是为了说这个，她低着头，不敢抬头看他："太晚了，你得回家了……"

天很暗，只有辛奶奶小院里一盏昏黄的灯还亮着，颜艺的耳垂和脖颈羞得通红，落在童岸眼睛里，白里泛红的皮肤，更是让他心魂乱动。

“你说你到底喜不喜欢我啊？你不说我就不回去！”他急得恨不能立时听见颜艺的回答。

“你不说那我替你说了啊，颜艺喜欢童岸，颜艺喜欢童岸……”

颜艺被他说中心事，又怕他乱嚷嚷惊动了家人，慌乱之下赶紧用手捂住童岸的嘴。

来不及了，还没等她的手碰到他的嘴唇，童岸突然伸手一抓，把颜艺的手按在墙上，身子往上一欺，顺势吻住了她。

这个吻来得生涩而猛烈，颜艺被童岸亲了半晌，觉得头昏沉沉的，缺氧缺得厉害，简直要憋死了。童岸放开她，低声说：“笨蛋，喘气啊。”

颜艺这才大口大口地吸气，童岸拍拍她的背，轻笑：“你不说也没关系，我知道你是喜欢我的。”

颜艺双颊晕红，这才敢抬头瞪他：“我可什么都没说……”

童岸轻轻刮了一下她的鼻尖：“你不说，可你允许我亲你了，这账怎么算？”

还没等颜艺反驳，又一个清甜的吻堵住了她的嘴，童岸依旧在说着什么，颜艺仔细听了许久，才明白他在说什么。

“颜艺，我发誓，我会一辈子都对你好的。”

（*14*）

这天是周末，颜艺浅浅地睡了三四个钟头，再也不想躺着，起床吃了早点，下定决心给童岸打电话，打了几个没有人接。颜艺只好回到办公室继续和同事加班，快到中午，颜艺的手机响了。

是童岸，电话里他的声音听起来像是得了重感冒，沙哑，伴着不间断的咳嗽声：“找我有事？”

“方便见一面吗？”颜艺有些惴惴的，童岸的体质一向不错，这么重的病，她不免有些担心。

“我在家，你来找我吧。”说完挂了电话。

颜艺只好先把手头的工作交给别人，开了车直奔睦华里。她不得不来。

她敲开房门，童岸一张病恹恹的脸：“进来吧。”

屋子里面收拾得很干净，只是年头有些久了，采光稍差。颜艺装作不在意的样子问：“你是不是感冒了？”

童岸歪倒在沙发上，嗯了一声不再说话，颜艺只好伸出手在他的额头上试探，果然烫手，再看他，面色苍白，脸上透着一股非正常的潮红，看起来特别憔悴。

颜艺去抽屉里找退烧药，没有，再问他有没有吃饭，童岸只是闭着眼睛不说话。颜艺伸手想搀他起来到床上去睡，没承想低估了童岸的分量，童岸稍一使劲，颜艺就一头栽进了童岸的怀里。

怀抱里的她头发还像七年前那样香香的，她的脸光洁得像是夜晚的月光，童岸半昏半醒之际，手上的力度一点也没有松懈下来，他烧得难受，似乎在自言自语：“颜艺，颜艺，你别走。”

颜艺在他滚烫的怀抱里，竟然有些留恋，他们之间隔着七年的过往，似乎在这一瞬，所有的时间和空间都化为乌有，他们回归到最初相爱的那段时光。

“我就在这儿，我不走。”颜艺摸着他的脸，隔夜的胡茬儿，有熟悉的触觉。

他的手臂将颜艺箍得紧紧的，颜艺不想动，她觉得累了，像是一只飘摇的小舟，暂时在他的港湾里停留。

记得当年，他们两个也是在这样的秋日出来玩儿，突然下了大雨，没有带伞，风大雨大，颜艺禁不住瑟瑟发抖，童岸二话不说就脱下自己的外套给颜艺穿上，自己却穿个短袖去路上打车。因为下雨天，又是傍晚，车很难打，颜艺看他在雨里着急的样子很是心疼。后来终于打到出租车，但是童岸已经被雨淋得浑身湿透，回去后就发烧了一个礼拜，也是这样烧得满脸通红，颜艺像当年那样，一口一口地喂他喝水，直到童岸昏昏睡去。

厨房里除了盐和酱油什么都没有，冰箱里倒是还有两片吐司，已经过期了，颜艺叹口气，决定出去买菜买药。

采购齐全后，颜艺提着沉重的袋子吃力地往回慢慢走，走到路边的水果店，想着应该买点儿水果——童岸喜欢吃苹果，这个季节正是新鲜的栖霞苹果上市的时令。颜艺弯下身子耐心挑选，有个年轻的女人笑嘻嘻地打招呼："有好几年没看见你了，你家那口子回来了？"

颜艺诧异地起身，原来是老板娘，认出了颜艺，她懒得解释："是啊，回来了。"

"啧啧，这么多年在国外，赚了不少钱吧，你们的孩子也不小了吧，男孩女孩？"老板娘的好奇心很旺盛。

颜艺不知该说什么，微笑着点点头，付了账走开，依旧听到老板娘在身后絮叨："命真是好，老公长得帅，又会挣钱，比我那个死鬼老公强多喽！"

颜艺苦笑，像是在听一个和自己不相干的故事。故事里的男女主人公，在别人的时光里，结婚生子，平淡富足地度过了这七年的光阴。

可惜，她和童岸在现实中的七年里，没有这样的福气。

炉子上煮着汤，颜艺见他醒了睁着眼，走过去轻轻地把手放在他的额头上，温度降了不少，不再那么滚烫，她心里踏实多了，刚想把手拿开，不料童岸一把握住她的手，闭上眼睛，似乎在想着什么。

颜艺任由他把她的手放在脸上留恋地贴住，他们心里都有数，这样心平气和相对的时光太稀罕，不由得让人沉迷。日头西斜，童岸看着阳光在地上投过的影子，终于开口。

“你不是单纯想来慰问我吧，说吧，找我什么事，车又坏了？”

颜艺没有抬头看他，她默默地把手从他的掌心抽出来：“童岸，你是不是依旧怀疑，徐婉静的死，和你父亲没有关系，而我哥才是真正的凶手？”

童岸的眼睛里瞬间燃起希望的光，他看着她，知道颜艺能问出这话，里面大有深意，起码暗示着，颜艺的心已经开始松动。

“我可以帮你，因为我心里也有很多疑问，这么多年，不去追究不意味着我没有感觉，我也想知道，颜朗的手上有没有无辜之人的鲜血。查清楚了，是给我自己的一个交代，和你没有什么关系，你不回来，也许有一天，我自己也会查个清楚，罪孽是掩盖不住的，”她的声音出奇地镇静，“但是如果我和你把当年的案子查得一清二白，如果颜朗确实和案子没有关系，是你死咬着他不放，那你也要答应我一件事。”

“什么事？”童岸黑色的瞳孔十分明亮，里面倒映着她紧张的表情。

颜艺的声音淡得像是夜里寂静的落花："你回英国也好，去德国也好，只要你永远地离开津洲，不再出现在我面前，我们就此做陌生人。以后的生活互不打扰，我结婚生子，你过你的日子，我们彼此之间，不要再有任何的联系。"

童岸听见自己的心仿佛落入一口枯井，他的脸上是从未有过的萧瑟，颜艺接着说："你答应我，我就配合你，亲手查我哥哥。"

他喉头干涩，仿佛被大火燎过的草原，很久之后才艰难地开口："我答应你，说到做到。"

只要是工作日，颜艺总会忙得午饭忘了吃，和Season的合作已经开始，老费把汪妍安排给颜艺当技术助理，颜艺怕汪妍太年轻没有经验不堪重用，但老费自有打算，汪妍的舅舅是市政要人，不管到什么时候，朝中有人好办事，颜艺只好应下来，好在汪妍知道任务的重要性，虽然经验不足，倒也没有拖团队的后腿。

颜艺埋头苦干，浑然忘了时间，再看表，已经过了午饭时间。她匆匆下楼去茶餐厅速战速决，回来等电梯的时候，颜艺觉得站在身边的那个男人有些眼熟。

她脑海中灵光一闪，微笑着和那个男人打招呼："张经理，您这要去哪个楼层转转？"

颜艺的手指放在楼层按钮上，笑着等待张经理回答。张经理受宠若惊，连声道："我来我来，不麻烦小颜总。"

电梯缓缓上升，颜艺看似漫不经心地问他："那天那个水管工的活儿干得倒是很地道，我们管后勤的经理事后看了一下，说比我们常用的那个工人做得好，想找他再过来看。”

“哦，你说他啊，还不是你们费总有眼光，给我们推荐的，”张经理神神秘秘地凑过来，压低了声音，“我当时还不愿意用他，但费总出面交代，我肯定是要给足面子的。”

原来是老费插手，颜艺的脑子一闪：“他什么时候求的你？”

“哎，也算不上求，费总跟我说这事是看得起我，时间嘛，大概是7月底吧，具体时间我记不准了，哦，应该是个星期三，我那天有例会，费总在例会后找的我。”

7月底的周三，颜艺迅速推算那次在办公室里见到颜朗来访是哪一天，她越想心越凉。

她没算错的话，就在颜朗拜访老费的第二天，老费就把那个水管工介绍到了物业。如果颜艺还想坚持颜朗跟当年的证人没有任何关系，那就是自欺欺人地羞辱自己的智商。

眼看到了张经理的楼层，颜艺抓紧最后的时间：“那个水管工人呢，我今天能不能见他一面？有事找他。”

张经理为难地搔搔头：“小颜总，这个还真不好办，他请假了，好几天没来上班了，我们也在找他，联系不上，手机也没人接。”

电梯里原本低低的人声在那一刻突然无限放大，张经理的嘴还在一张一合地说着什么，嘈杂的声音混杂着对颜朗更大的疑心在一起，刺得她耳膜生疼。

无论如何，颜朗也没有道理帮助一个没有任何关系的水管工安置工作，还有，那天夜里他冲着电话那头吼出来“七年前我给过你们钱”到底是什么意思，让她不得不在脑子里打了几个问号。

虽然已经说好一起把当年案子的蛛丝马迹找出来，但是在如何沟通上，颜艺和童岸还是犯了难。童岸不能用手机短信或微信联系她，一是左军一直虎视眈眈，不能保证他是否会暗中查童岸的手机，二是工作时车间噪音太大，怕遗漏信息。颜艺想了想，说你给我两天时间，技术层面的问题我来解决。

童岸望着她，真是岁月造化，眼前的这个女孩和他印象中的不太一样，在遇到大事时，颜艺聪敏明慧的外表下，依旧不减大将之风。

果不其然，两天后颜艺发短信叫童岸深夜来泰格找她。童岸按时抵达，在写字楼下面的停车场里，颜艺和童岸坐在车里，她递给童岸一部新手机。

“你把手机卡装在上面就能用了，里面装了一个手机游戏，你可以用游戏里的即时通话跟我联系，这个游戏我做了一些改动，加进去几个小功能，可以录音可以通话，只有咱们两个在线，别人都看不到聊天内容，只要你按清空，所有的通话内容都会销毁，这个比较有隐蔽性。”

“这么麻烦，我听说过有‘阅后即焚’功能的APP。”

“那种很容易被截图保存，这个手游我参与过开发，这个小功能当年是团队创意之一，后来没有通过，我昨天找出来稍微做了一下修改，暂时借用一下。”

颜艺没戴眼镜，在昏暗的停车场里，她只能尽量凑到童岸手里的手机屏幕前，给他讲解：“还有，我找朋友在你的手机里加了防窃听软件，如果有外部干扰，它会提示你。”

颜艺打开他的手机，发现里面存着的，是当年两个人一起听过的所有音乐唱片专辑，她愣了一下，不知道该说些什么，装作没有看到，可心里有说不出的滋味。

她不知用了什么洗发水，头发上有淡淡的清香在童岸的鼻端缭绕，让他有刹那的失神。也察觉了他的反常，迅速坐直，眼睛不自然地瞟了童岸一眼：“还有一件事，我必须跟你事先说明一下。”

童岸侧过脸看着她，黑亮的眼睛像是天边最遥远的那两颗星子。不知哪里有水滴答落下来，一滴一滴，敲在她心上，颜艺不敢看那一对眸子，只听见自己幽幽地说：“童岸，这几天我想了很多，我觉得，我们有必要在追查那件案子来龙去脉的过程中，划清界限。你不要把我当成昔日仇家的妹妹，我也不会把你当作往日的恋人。”

她的声音一点点低了下去，有一抹深不可见的黯然从脸上拂过：“我们把过去理不清的事理清了，然后就可以放你我一条生路了。”

童岸听她这么说，脸上隐约的笑意瞬间冷了下来，一颗心似乎要沉到黑夜最深处。他别过头，看着车窗外：“我能理解为，我们退回到‘朋友’的位置，意思是除了这件事，别的都不相干？”

颜艺的声音倦倦的：“我太累了，我宁愿不带情感地把这件事当成一个合作项目去做，也不想再一次把自己全身投进去，童岸，我不是超人，也不是钢铁打造的，我不想第二次失望。”

她看到了潘悦安对她的希冀，也见到了陈慕阳的苦恋，颜艺只觉得无奈，爱情对于一个人来说，就像是在台风天，执着火炬前行，不知什么时候，就会有烧手之患。颜艺是沦陷过的人，好不容易死里逃生，她不敢再陷进去了。

“是因为那个男人吗，天台上保护你的那个男人？”他的声音有些不自在。

“你是说潘悦安？”颜艺笑了笑，“他条件不错，也喜欢我，为人处世成熟得体，我没有拒绝的理由，先当朋友相处，感觉合适了，我也不会放过这么好的机会，毕竟我也快二十八岁了。”

童岸的眼睛落在颜艺的眼睫上，他的声音听起来有些不真实：“颜艺，我只是假设，如果当年一切都没有发生，我们也没有分开，现在会是什么样？”

颜艺低头摆弄着车钥匙，嘴角有无可奈何的笑：“现在说这个，有什么意义呢？”

童岸的心里在刺痛，难倒真的像他父亲说的那样，他终究还是耽误了人生中本该享有的美好？

最令他悔不当初的，是白白流逝的那些岁月，再也不会回来。

他在心里说，其他的我都能答应你，但这条我不能保证，因为我不是圣人。

颜艺没有再纠缠这个话题，她把车开出来，童岸让她在大厦附近兜两个圈子，没有发现跟着的车辆，颜艺才放心，汇进夜晚的车河中。

夜晚的津洲郊区，各种小馆灯火通明，颜艺觉得肚子饿了，把车停在一家日料店门口，和童岸进去吃夜宵。

店不大，同时只能招待四五桌客人，老板一见是熟客，热情招呼，颜艺也不客套，点了自己平时喜欢吃的几样东西，童岸看着菜单，微微皱眉。

颜艺以为他吃不惯日料，问他要不要换个地方，童岸说不用换，口味没有问题，但是她的胃一向不好，芥末章鱼之类的刺激性食物还是换掉比较好。服务生在旁边听着，童岸点了餐，把颜艺的小食换成乌冬面和牛肉锅，才收了眼里的关切，慢慢地喝茶。

颜艺把水管工和手机号码的事一五一十地告诉了他，童岸的眼睛里全是讶异，他没有想到颜艺才用了几天时间，收获的信息比他苦战一个月的还要多。颜艺慢慢地吃着，条分缕析地给他分析其中的关联，和存在的疑问。

日料店暖黄色的灯光打在颜艺脸上，一张清秀的面孔上，却是谨然的神色。童岸难得身心放松，他闲闲地靠在椅背上，手里握着一杯淡茶，听颜艺思路清楚地分析下一步的行动。

“我怀疑这个水管工和当年的证人之间有某种联系，不然的话，颜朗怎么可能帮他安排工作？我们是孤儿，跟这个人非亲非故的，没有道理。”

童岸眉头紧皱，手指摩挲着略带胡茬儿的下巴：“你觉得有没有可能是，颜朗当年用钱买通了证人，毕竟除你之外，能给他提供不在场证明的，只有这个证人。”

颜艺何尝没有想到这点，只是她不敢往深里怀疑，颜朗那晚失声吼出来的那句话，早已让她的怀疑膨胀到了极限，她无力地垂下眼睛，只能承认童岸的怀疑，切中了她的思路。

她深吸了口气："我们有必要找到这个水管工，侧面了解一下，先不要惊动颜朗，事到如今什么都不清楚，免得虚惊一场大家尴尬。"

童岸点点头，同意了她的想法。吃完夜宵，已经是凌晨两点，颜艺本想送他回去，童岸坚持先开到颜艺家的小区，等她上楼开灯后，再打车回家。颜艺没有反对，她知道他在这些事情上一向仔细，她把车锁好，拿了包站在楼门下，嘴角弯出一个弧度："我该上楼了，你也早些回去吧。"

童岸站在原地没有动，他朝她扬了一下下颌，意思是让她赶紧上楼，颜艺想起以前的日子，他会陪着她走过黑夜里幽暗狭长的胡同，看着她进了家门才放心。

颜艺不敢再留恋，挥挥手转身上楼，打开家里的灯，透过窗户看见童岸长身玉立的身影，像是即将面对暴风雨的芦苇，孤单地消失在夜色中。

他这些年经历过什么，又是以怎样的心态，来向她求援，颜艺不得而知，就像窗外那盏深秋的月亮，多少年月，看似不变，可在无人看见的时候，已经经历了几度圆缺。

时间并不会真的帮人们解决什么问题，它只是把原来怎么也想不通的问题，变得不再重要了。不再重要的意思是，不会再那么固执地问自己爱不爱，而是一步步地接近最想知道的那个真相。

每个月的初一十五是潘母吃素的日子，上了年纪的人，修修佛法心里清静，尤其是她膝下只有一个独子，更是希望佛祖庇护他躲开大小灾难。潘悦安逢周三晚上总要去父母家吃晚饭，正赶上这天是阴历十五，他陪母亲上完香后吃完素斋，在沙发上悠闲地吃着水果，母亲端着一盏参汤递给他。

“你看你最近脸色这么差，这汤赶紧喝了，你爸这些天也是累得老打瞌睡，我让宋嫂拿西洋参炖的莲子，清热补气的。”

潘悦安尝了一口，潘母趁机说道：“这个也适合女孩子喝的，对身体好，尤其适合颜艺这样压力大的，”她看着儿子，探过身关切地往问，“你说你和颜艺都老大不小了，俩人都有这个意思，就赶紧往家带啊，妈妈每天都盼着她能来家里吃个饭，我心里才踏实。”

他一口汤含在嘴里，差点呛着：“妈，人家颜艺还不到二十八岁，在城里说起来还算是个小姑娘，怎么就老大不小了，你这话自己说说也就算了，可千万别当着人家的面说出来。”

“你也得给我个机会让我见着她不是，你说你这孩子，这个事怎么就不上心呢，可急死我了，”潘母叹口气，“我听楼下的王阿姨说，豆豆前几天生了，是个白白净净的女儿，还给我看照片了，生得真好，粉团一样。”

听到“豆豆”这个名字，潘悦安心里咯噔一响，沉默地放下汤碗，潘母觑着儿子的神色，见没有什么异常，才敢再次开口：“我知道你心里想的是什么，可惜现在想什么都没用了，重要的是抓紧眼前人，颜艺那孩子我看着就不错，不比豆豆差……”

“妈你说什么呢！”他的语气里有一丝不耐烦，“豆豆是豆豆，颜艺是颜艺，两个人不能比较！”

潘母有些按不住火气，着急地往沙发后面一靠：“我不管，邻居家的老姐妹们都抱上孙子孙女了，就我，天天抱个狗出去，她们明着是说我享清福，不用带孩子受累，暗地里哪个不是笑话我没见着隔辈人，我哪里比她们低一等过，我老公我儿子，她们家都比得了吗，就在这个问题上，我抬不起头！”

见母亲发怒撒火的样子，潘悦安哑然失笑，母亲的这个脾气，都是父亲惯出来的，一点不顺心都能搞出一出戏。他只好拿起碟子里的水果往母亲嘴边递，哄着她尝一口，潘母赌气不理他。

潘父正从书房走出来，撞见这一幕，笑道：“老徐同志，再怎么说你当年也是津洲市文工团的台柱子，著名女高音，怎么，现在都没有艺术追求了，光想着和楼下的妇女们比赛抱孙子了？你看看你哪里还有一点艺术家的样子？”

“呸，”母亲斜睨了一眼父亲，脸上终于有了一丝笑意，“你们爷俩没一个让我省心的，儿子不上心婚事，你也不说说他，就知道打趣我。”

潘启文冲儿子和蔼地笑笑：“哎，我说你这么大的人了，如果有了中意的姑娘，也要努力主动一点嘛，不主动，怎么完成人生大事嘛，当年我追你妈，那可是我们检察院的一段佳话。”

潘悦安实在受不了父母再把俩人恋爱的经过第八百遍絮叨一次，赶紧说：“打住吧您二位，我自己的事还是我自己来想办法，你们支着支得我耳朵里都磨出油了，”他看看天色，“不早了，我得回去了，明天还要上班呢。”

潘悦安接过宋嫂打包好的一摞饭盒，里面是母亲专门给他预备的吃食，他站在门厅换鞋，一眼瞅见了父亲放在门口的新钓具。

“老潘同志，又鸟枪换炮了，您可真行，比我妈买衣服的架势也不弱啊！”

潘启文笑笑："我就这点爱好，钓钓鱼，我也能静静心，最近那个诈骗案，烦不胜烦啊。"

潘悦安没再说什么，他拿了东西，跟父母道了别，开车回去了。

没有开灯的家里，潘悦安躺在沙发上，双臂放在脑后，他忍不住想，豆豆的女儿，会像她一样笑起来有两个醉人的小梨涡吗？会有一双睫毛长长密密的眸子吗？他摇摇头，这些都不是他应该关心的，他掏出手机坐起来，也许，他应该逼自己再逼颜艺一次，否则任由她拖着，借口要解决自己的感情问题，她永远不会向着他的方向迈进一步。他不想再等，他心里空得像是一口古井，需要什么来填满。

泰格的早晨一向是忙碌的，这种忙碌杂而有序，电脑启动时低低的轰鸣、饮水间咖啡机愉悦的香气，以及同事们互道早安的声音，颜艺站在落地窗前，端着咖啡等着老费，老费没让她失望，知道现在是泰格的特殊时期，难得地踩着打卡的最后一秒钟进了公司。

尚未把胖胖的身子安置在宽大的椅子上喘过气，颜艺已经笑眯眯地敲敲他四敞大开的办公室房门，老费松松颈间的领带，招手示意她进来，颜艺把手里的文件递给她，老费不着急看："首笔款项Season那边下周就能到，到时候你看着你那个团队里该怎么分配吧。"

颜艺稍加思索："奖金还是按照泰格的老规矩，等项目全部结束后再奖励，中间可以以其他方式犒劳大家，比先发奖金的效果要好。"

老费点点头：“也行吧，毕竟谁都希望能一次性把奖金拿到手，就按你说的办吧。”

颜艺闲闲地从老费办公桌上拿了一颗巧克力糖：“你那个离婚官司怎么样了，外界的风言风语可是什么花样的都有，你都快成了津洲最新的风流大少了。”

老费的一张胖脸拧成了麻花：“我才知道，那个娘们儿，跟她表哥一起，把我家的存款早就转到她爹妈手底下了，要不是我发现得早，两套房子也差点儿让她偷着卖了！”

颜艺不动声色：“不是起诉离婚吗，律师怎么说？”

老费气得站起来溜达：“婚内财产，一人一半，这个没办法。”

“孩子呢，孩子不是你的，这个怎么讲？”

“律师说，如果是真没有血缘关系的话我可以分得财产的大部分，而且我有权利要求女方赔偿精神损失。”

颜艺站起来伸伸腰，看着老费脸上的阴霾，也很纠结：“费哥，你名下还有泰格百分之五十的股权呢，这怎么办，你老婆会不会拿走你那份的一半，这可难说。”

老费手指头敲敲桌子：“我倒不是特别担心公司股权的事，颜朗早帮我筹划好了，你猜都猜不到，你哥有多聪明。放心，她拿能走的，顶多是一部分房子车子和存款。”

颜艺装作闲闲的样子问他：“对了，有个事问你，最近颜朗有没有跟你借过钱？大额的，美金，三四万左右的样子？”

“没有呀，怎么了，他手头又紧了？”老费诧异地看着颜艺。

“没事，我就随口一问，你也不用再找他问，他这人好面子，你知道的。”颜艺冲他眨眨眼。

“这你放心，我们哥俩感情再好，在钱和女人上面，从不打交道。”

“那就好，我有事先忙去了”。颜艺微微一笑，转身出了老费的办公室。

颜朗的那些美元，到底是打哪儿来的，又是用来做什么的，颜艺思索着，不得其解。

（15）

深秋的津洲已经能感觉到萧瑟的寒意，特别是在这么一处极为空旷的山林边上，更是有沁骨的冷气逼上身来。颜朗在车里等得有些不耐烦，本来和风水先生约了时间，迟迟等不来，颜朗推门下车，倚在车身上，给自己点了支烟。

一缕烟雾在唇边缓缓吐出，颜朗才感觉到不是那么焦躁。早上和肖潇吵了架，那个女人非要跟着他来给父母选墓地，说他一直逃避就是怕给她一个名分，颜朗觉得好笑，本来是说好了的男欢女爱，怎么时间一长，这些女的都一个嘴脸，什么名分，不就是想画地为牢把他死死地捏在手里吗？

远处的山林依旧保持着最后的青翠，也不知道这些松柏有多少年了，也许陵园存在的那一年，这些树就已经栽下了。颜朗收回放空的思绪，想起去乡下老家的祠堂里取回父亲和母亲的骨灰时，乡下亲戚们巴结的目光，不禁冷笑。

当年年龄尚小的他和颜艺穿着重孝，给村里主事的堂叔跪下磕头，想把父母的骨灰寄存在祠堂里，堂叔吧嗒着烟斗，耷拉着眼皮，不答也不应。颜朗忍着恨意，掏出母亲留下的唯一一只半旧的金戒指，堂叔的眼里一动，从颜朗的手里接过去，擦擦放在眼前仔细地端详了，小心地收进口袋里，才叹口气，说看他俩可怜，做堂叔的不能不管，这才安顿了他们父母。

肖潇从他去乡下取父母骨灰的那天起就跟他闹，说不带她去，是从来没有考虑过她的感受，她年纪不小了，想安定下来怎么就不对了。颜朗懒得搭理她，任由她把自己住的公寓发疯一般地砸，她砸意大利进口的水晶花瓶，颜朗再微笑着把英国皇家骨瓷茶碟递过去，反正他有钱，肖潇的妈也有钱，任由她糟蹋。

不就是钱吗，颜朗从他开始跑海外生意，才真正感受到钱带来的快感，女孩子们滑腻的肌肤在指尖的触感，高级会所一掷万金的豪爽，都让他觉得，哪怕去拿自己的灵魂和魔鬼交易，只要能随时闻到钞票那恣意的气味，他无所谓灵魂还在不在这具已经腐烂的躯壳里。

当年才九岁的颜艺对他说，晚上姑父老偷着进她睡觉的屋里，用嘴亲她，动手动脚的，逼得她只能藏了大号的美工刀在枕头下，防备他再行不轨时，就给他来一刀，颜朗恨不能杀了那个肮脏的男人。后来他才学会，只要有钱，根本不用他动手，钱的力量之大，什么事都能办到，包括教训那些欺负过他们兄妹的人。

夕阳在起伏的山脉上用尽最后一丝热度和光亮，在风水先生和销售小姐殷切的笑容下，颜朗不假思索地签下了为父母购买墓地的合同。作为儿子，这是他为逝去的双亲唯一能做的。

但愿，父母能在地下安息，护佑他们留在世上的一双儿女，平安富足地过好一生。

不再寄人篱下，不再颠沛流离，不再生离死别，颜朗只有这一点点愿望，他掐掉手上的香烟，钻进黑色锃亮的奔驰SUV中，在山林吞没最后一线阳光之前，呼啸着离开了。

望着晚高峰滚滚的车流，颜朗刚才还心情高昂，顿时觉得有些烦躁，这种烦躁无法舒缓，他想抽烟，可烟盒里最后一支烟也被他抽光了，手机在支架上嗡嗡作响，颜朗懒得接。

车流缓缓前行，颜朗无意识地朝街边张望，看见火锅店的招牌，他心念一动，拿起电话拨了出去。

对方很快就接听了，但是背景很嘈杂，颜艺一直在跟什么人说话，颜朗也不发声，静静地听着妹妹忙她的事。

颜艺的声音很温和，但是自有她的威严与决断，颜朗想起颜艺自小就不爱说话，尤其是跟不熟悉的人，更是金口难开，给她去开家长会，老师们对这个天资聪颖的优等生唯一的意见就是不合群，极端地不合群，不热爱集体，独来独往。颜朗后来才知道，颜艺一直有轻微的人际交往障碍，不是她不爱说话不爱社交，而她是害怕、恐惧与人打交道。

颜艺是如何一步步成长起来的，变得不再自我封闭，颜朗心里清楚，不能否认那个姓童的小子的作用。可是在心底，颜朗还是觉得“童岸”这个名字，带着令人憎恶的气息。

似乎是走到了清静的角落，颜艺的声音清晰了很多：“什么事？”

颜朗收回思绪：“今晚出来一起吃个饭吧。”

颜艺有些意外：“就咱们两个，还是跟别人聚餐？我今天事情不少，要晚一点才能走开，吃完还得回来……”

颜朗听了就来气，一张俊脸立刻冷了下来：“工作再多，这家公司离了你还能运转，你不吃饭会死知道吗？没什么可商量的，八点我到你们公司下面等你，你不来我就找老费要人。”

说完颜朗气呼呼地挂了电话，不给妹妹任何拒绝的机会。他在陵园里的某一时刻，特别希望颜艺在身边，握握她的手，因为只有她，才能真正感受到他无端酸胀起来的眼眶下隐藏的波涛汹涌的心绪。

别人都不行，只有颜艺，他们一同长大，一同经历过那些不想为外人道的岁月，这种相依为命的血肉亲情，是肖潇和那些他已经忘掉名字的女孩不能给他的。

颜艺准时出现在夜晚的停车场，她熟门熟路地找到颜朗的车，敲敲车窗，等得已经打起瞌睡的颜朗，一看是妹妹，迅速开门。

颜艺坐定：“赶紧吃点儿什么，我一会儿必须回来，有个数据处理得不好，挺致命的。”

颜朗发动车子：“带你去个好地方，保准你喜欢。”

颜艺放松自己窝在真皮座椅中，车内有轻柔的女声在吟唱，仔细听，是林忆莲的一把清婉妩媚的嗓音。

颜艺内心一动，睁开在暖风的微熏下有些昏昏欲睡的双眼，再看专注开车的哥哥，俊脸在南美粗犷的风的打磨下，也有了一丝沧桑的味道，沉默的时候有冷冷的距离感，颜艺不出声地叹口气。

车停在一家很有设计感的饭店门口，颜艺抬头一看，“品姿堂”，几杆修竹掩映着古朴的门灯。颜艺听说过这家开张不久的小饭馆，价位高得令人咋舌，不知哥哥又打的什么主意。

刚坐定，店主盈盈袅袅的身影就迎了过来，颜艺仔细端详，年纪大概三十四五，生的是粉面桃花，人还没到，笑声先招呼过来："好久不见你了，我的新店开张，你也不来照顾一下，不够意思啊！"

颜艺喝着茶，觑着颜朗，颜朗伸手揽过女子的纤腰，半眯了笑眼："怎么照顾，你什么地方还需要我照顾？放心，只要梅姐一句话，我死在你这儿都行。"

梅姐娇嗔地拍一下他的肩膀，顺势坐在颜朗的大腿上："净会拿漂亮话应付我，你什么德行我还不知道嘛。"

她拿一双描得极为精致的眼睛看了一眼颜艺，伏在颜朗肩上贴着耳朵叽叽咕咕地说了几句，颜朗大笑，掐了她的脸颊一下："胡说八道，这是我亲妹妹，一个妈肚子里生出来的。"

梅姐这才收敛，殷勤地坐到颜艺身边："怪我眼拙，没认出来，妹妹喜欢吃什么，跟姐姐说，姐姐给你安排。"

颜艺望了一眼对面的颜朗，不置可否地笑笑："客随主便，今天是颜老板请客，听他的安排。"

颜朗笑得要喷茶："还颜老板，我白担了个虚名，"他指指颜艺，"这才是真正的颜总，你巴结好她，不愁以后没客人。"

梅姐有些不相信，但她是精明人，知道人不可貌相，眼前这个戴着黑框眼镜穿连帽T恤的女孩，说不定是个有来头的主。梅姐笑着站起来："那什么吧，我去给你们安排，听我的，保准你们兄妹吃得好上加好。"

眼看着梅姐一阵风一样又去应酬别的客人，颜艺才小小声地问颜朗："相好的？"

"曾经是，现在不是了。"颜朗吹着杯子里的茶叶，淡淡地回应。

颜艺没再多问，哥哥的情史要是真详细地八卦起来，罄竹难书。她心念一动，趁热打铁：“你跟那个肖潇……”

颜朗不动声色地用黑眼珠看她：“你有什么建议？”

实在按捺不住，颜艺正色道：“你知道她是谁的女儿吗？她舅舅是谁，你也想不到吧？”

颜朗的唇边有深不可测的笑：“她家亏欠我的，我就在她身上找回来。”

颜艺觉得自己的指尖瞬间冷得像冰：“我们势单力薄，有什么资本跟华荣集团的陈家硬抗，我们吃过亏……”

颜朗的手瞬间伸出来，紧紧地握住颜艺冰凉的手指，温暖的热度传达到她的指尖：“不，我们不是以前的孤儿了。颜艺，相信我，我们有这个力量，有仇报仇有恩报恩，一个都不会饶过他们。”

颜朗继续说道：“老费跟我说了，那个姓潘的，老往泰格送花给你，你们走得很近，我提醒你，潘悦安不是什么好东西，离他远点儿。”

颜艺不说话，默默地把手从颜朗的掌中抽出来，强笑：“老费忙他的离婚官司都头大呢，还有精力做你的耳报神，活该他天天没精打采的。”

颜朗语气严肃：“我没跟你开玩笑，”他抬手把颜艺耳边的一绺碎发捋到她的耳边，换上了温柔的语气，“小艺，我不想让你在感情上再次受伤，为了你的幸福我豁得出去做任何事情，只要你答应我，不要自己往危险的地方去，不爱危险的人，算是当哥哥的，求你了。”

夜半的办公大厦，颜艺乘坐电梯一路向上，她还要回去加班，还有一干得力的手下等着她回去，修补一个数据上的漏洞。

可是她的心随着电梯门上方不断变化的数字，一点点往下沉。今晚的一顿饭，她食不知味。

本来以为哥哥唤自己出来，是想说说给父母安葬的事，当颜朗气定神闲地告诉她，当年他吃的苦头，要在那些人身上全都找回来时，她觉得周身无端地冷。厅堂里早早就有了暖风，但颜艺觉得自己被什么东西拖着，一点点往寒彻骨的水里拽。

颜艺无助地蹲坐在电梯的地板上，她的脑子很乱，她害怕一旦自己走进命运给他们兄妹布置好的巨网中，想要抽身，真的就难于上青天了。

这天是童岸的夜班，值守车厂的除了他还有一个上了点岁数的老工人，陈慕阳算准了童岸的工作时间，提了整桶的新水来换，童岸见他给自己打了暗号，四下看看没有什么异常，随着陈慕阳出了车厂，站在附近隐蔽的角落里。

他有预感，陈慕阳带来的会是重大消息。果然，他说冯队根据他提供的消息，确定了仓库的位置，现在只等杜老板等人的下一次交易，才好一网打尽，童岸摇了摇头，一张线条清晰的脸在月色下更显得冷峻。

“你们不能轻举妄动，现在还不是时候，杜老板上次让你们端掉了一车货，他吓得跟什么似的，不会在近期有大动作的。反而是你们的行动太密切，容易打草惊蛇。”

“那你说怎么办，总不能一直拖着！”

“我他妈也想你们赶紧破案，左军对我的怀疑越来越深，杜薇也黏人得很，我巴不得赶紧从这条贼船上脱身，”童岸皱着眉，压低了声音，“这不是着急就能解决的事，你没看到吗，最近杜老板基本都在车厂，这说明什么，说明外面的生意他不敢轻易做了，你们贸然出动，最后的结果就是竹篮打水一场空！”

陈慕阳有些泄劲，手指在旁边的树上无意识地抠着，童岸只好换了语气：“现在还没有查清楚杜老板这些货的上线是从哪里来的，你们想先抓人再审，我觉得可行性不是很大，或者说起码要掌握一定的线索才能审出来，不如再等等，等我搜集的线索多一点时，再行动也不迟。”

陈慕阳点点头：“我会转告给冯队的，”他看着童岸，欲言又止，却又按捺不住，终于问出口，“你是不是和颜艺又在一起了？”

童岸没想到他会问这个，哑然失笑：“在一起怎样，不在一起怎样，这和你有关系吗？”

陈慕阳有些讪讪的，确实，在他们的故事里，他始终是个外人，即使如此，陈慕阳还是不甘心地补充了一句：“你可别再伤她的心了，如果你做不到，我宁愿你别再爱她。”

童岸斜了他一眼，目光阴沉，真讨厌，他和颜艺之间，怎么有这么多闲杂人等跳出来指手画脚，烦死了，他故意气陈慕阳，低头微笑，却带着一股威慑人心的力量，逼近他：“老冯让你操心我跟谁好了坏了？管好你自己得了，少管我的闲事，小屁孩。”

陈慕阳气得要骂人，童岸根本不理会他，径直迈开长腿往车厂的方向走去，夜晚的风从地面呼啸着卷起来，他第一次感觉到，这个男人的背影，又肃杀，又凛冽。

杜老板最近觉得身体总有不舒服的地方，要么血压时高时低，要么鼻炎犯了喷嚏连天，他窝在车厂办公室不想动弹，上午左军进来跟他报账，杜老板呷着上好的熟普，闭着眼听左军一条一条地报出来，左军说完了，杜老板才睁开眼，脸色沉沉地告诉他，不应该是这个数，左军至少少报给他四万七千块的流水。这个车厂是他打拼创下的海山，别说在他眼皮子底下瞒账，就是口袋里藏了车间里的一根螺丝钉，杜老板心里也明镜一样。

看着左军在快入冬的时节，因为心虚脸上汗津津的样子，杜老板烦躁得很，挥挥手让他出去了。他坐在宽大的座椅上想，刚才是否有必要这么明着点破左军的小伎俩，这点钱对于杜老板来说不是什么大数目，薇薇随手买几件衣服的钱而已，他还有这个实力，可是最近也不知怎么的，他有些看不惯左军那个张狂样子，在宏达大有一副占山为王的劲头，还是那句话，宏达现在还不是他的，他这个劲儿，要得不是地方。

杜老板的手指无意识地敲敲桌面，他看着童岸的身影从车间走到前面的接待大厅，估计是小平头又喊他去察看车子的伤情，这些人在技术上都服气他，杜老板也喜欢这样踏实稳当的小伙儿，也算薇薇有这个慧眼和福气，但是有一点，杜老板心里还是转了几个弯。

他派老沈查过童岸，只有老沈调查出来的信息，他才相信，没过几天，老沈告诉他，童岸这小子大有来头，他父亲是童志国，华荣地产的创始人之一，当年的津洲首富，后来卷进一起离奇的凶杀案。传闻说是他杀死了自己包养的二奶，后来家破人亡，妻子也去世了，儿子童岸在国外留学，不知所终。有认识童家人的朋友说，童岸最近似乎在津洲出现过，如果传言不错，现在在他车厂里打工的，应该就是当年的童家大少。

杜老板有些疑惑，为什么一个高才生却留在他这个小车厂。老沈压低了声音，给他分析，据说童志国的案子勾连着好几个津洲有名有姓的官员，童志国是死了，但是这些人未必不惦记着找童岸的麻烦，车厂虽然小，却是个不错的庇护所，他躲在这里，也是情有可原。

杜老板长长地哦了一声，终于解开了一直以来对童岸说不清道不明的怀疑，原来这小子还是个世家子弟，怪不得谈吐做事与车厂里的其他小子都不一样。

老沈是谁，跟了杜老板二十多年的左膀右臂，杜老板的那点儿心思他还看不透？于是他笑着给杜老板倒了一杯茶，顺水推舟说道："我看童岸挺好的，能吃得了小亏，也见过大世面，有文化有见识，薇薇要是跟了他，也算是个好归宿，你说咱们干修车厂起家的，即使现在赚得多，可咱们缺的就是有知识有文化的孩子。薇薇学历不高，难得他俩都有这个意思，你也不妨想开点。"

"唉，"杜老板长长地叹口气，"你说，我就薇薇这一个宝贝疙瘩，她想要星星我绝不会给月亮，你是不知道，女儿长得漂亮，招贼惦记的滋味，左军那小子我早就看出来了，他为我卖命，图的是我的女儿和我的家产，没见过世面的玩意儿，现在他也不是当年那个刚从监狱出来的小青皮了，天天想的就是怎么弄掉他看着不顺眼的人。"

"上次亏得你看出左军对童岸不怀好意，让我半路截下他们的车，才没让童岸遭了左军的黑手，想想还真是后怕，"老沈劝慰着杜老板，"咱们都是上年纪的人，也不是当年打打杀杀的岁数了，钱没有赚够的时候，差不多也该收手享享清福了。你命比我好，膝下还有个女儿，我呢，孤家寡人的，守着一堆钞票，也没什么意思。”

一见兄弟提起伤感的话题，杜老板赶忙岔开：“最近条子风声紧，我们多谨慎都不为过，现在还不是弄掉左军的时候，留着他还有用，至于童岸，”他停顿了一下，仿佛在思索，“尽快培养，也要多留神，咱们做老鼠做了二十年，不能在这个时候让猫捉了。”老沈手里盘着的核桃在这一刻停了下来，目光阴沉沉的，若有所思地看着远处。

杜学富喝口茶，他心里最清楚这个道理，常在河边走，没有不湿鞋的，现在的关键是，要争取足够的时间，把鞋不动声色地甩掉。

“是否有时间见一面？”

手机里又进来一条微信，发送者是潘悦安。

颜艺思量再三，还是约了潘悦安出来，他不会轻易接连不断地发微信，尤其是在工作时间，颜艺提前预订了办公大厦附近的一家粤菜馆，给小项交代了一声，提前半个小时出来。

若不是潘悦安张口喊了她一声，颜艺不会发现眼前这个疲态尽显的男人会是她印象中风度翩翩的“潘公子”。不是潘悦安自夸，无论是家世还是人物，他担得起这一句称呼。虽然颜艺没有答应同他交往，但她的办公室里依旧每周会收到他让花店送来的鲜花，永远是玫瑰——热烈的红玫瑰、温柔的香槟玫瑰、淡雅的白玫瑰、精灵一般的紫玫瑰……小项都跟着打趣，自打潘先生的花进了小颜总的办公室，整个公司码农们的恋爱气氛也高涨了许多。

潘悦安拉开椅子坐下来，颜艺给他斟了龙井茶，一口茶水下去，潘悦安紧张的脸色才稍有缓和，他刚想开口，颜艺拍拍他的手背：“不忙，先吃饭，吃了饭再说，不然伤胃。”

潘悦安点点头，觉得她温和的语气很是能抚慰人心，他松松领带，看着服务员一道道上菜，颜艺给他夹了一个虾饺：“不知道你喜欢吃什么，好在粤菜馆子清淡，我怕一会儿客人多上菜慢，就先点了几样，你看看有什么想吃的，再随时添吧。”

潘悦安点点头，看着菜品上齐了，又喝了一杯茶，才缓缓开口：“颜艺，我有事求你。”

颜艺双手交叠撑在下颌上：“我知道，你这么着急地约我，不会有闲情逸致地谈天说地。”

潘悦安从脚下的电脑包里掏出一个笔记本电脑：“你坐过来一点，我不想被别人看到。”

颜艺疑惑地看看他，他的眼里并无戏谑之色，反而多了些忧虑和愤然，颜艺换了一把靠近他的椅子，将脑袋凑过去——

屏幕上的图片让她的大脑瞬间轰然作响，像是一盆数九寒天的冰水，兜头泼了下来。

图片的像素不太好，看角度，应该是偷拍的，可还是能清晰地看出，画面中两个赤裸的男女，相拥交缠，姿势不雅。男人的面孔，她见过的，是潘悦安的父亲，津洲市最高人民检察院检察长。

她别转面孔，不愿再看下去，再看就是对身边这个人的伤害。潘悦安的眼睛布满红血丝，他愤恨地紧握拳头，一腔怒火无处发泄。

颜艺放低了声音：“你给我看这个照片，想让我怎么帮你呢？”

潘悦安的声音沙哑得像是被齿轮生生打磨过，带着血肉相连的痛楚：“我的工作邮箱里收到的，前天的事，现在还没敢让我妈知道，我也不敢问我爸，这个事关系到的方方面面不是我可以想象的。”

他停顿一下，似乎恢复到往日的理智：“我想让你帮我查一下，这封邮件的来源。我知道，查这个东西对你来说不是难事，而且，你会帮我保守这个秘密的，我相信你。”

颜艺深吸一口气，她是个能躲事绝不找事的人，可造化弄人，大事小事接连不断地扑上来，她稳稳心神，看着潘悦安：“我可以帮你，先别瞎想了，也许是虚惊一场，现在的修图技术太发达，外行人一时看错以为是真的也在所难免，等我仔细研究一下，你再着急上火也不迟。”

潘悦安听了这话，像是在火边炙烤许久的人终于喝到了凉意沁人的山泉，他绷着嘴角点点头，心里的重担稍稍放下。颜艺稳稳心神，看着潘悦安：“我可以帮你，但我也有个东西，你帮我看一下。”

颜艺从手提包里拿出几张A4纸，上面密密麻麻的都是数字：“这是一份公司的财务记录，我看不懂，你能帮我分析一下吗？”

“前几天就想找你，”颜艺低声说，“我想要知道的是，里面有没有一笔经常性的汇款，是直接打到个人账户的，大概持续了多长时间，给了谁。”

潘悦安的嘴边有一丝嘲讽，他没想到颜艺会以这样的方式求助于他：“我尽力吧，有些东西就像你所知，不是能够按照我们的心意运转的，”他的嘴边有难言的笑，“没想到我们以这种方式共患难。”

颜艺苦笑：“能共患难，说明还有人愿意帮你分担，总比一个人硬抗要好吧。”

颜艺交给潘悦安的文件，是她一个月前在颜朗的笔记本电脑里一个叫财务的文件夹里找到的，还有一些是她进了他们公司的内部网络顺出来的，她看不懂，只好打印出来交给潘悦安这样的专业审计人员。

这样的事她从小没少干过，刚读大学的时候，爱车如命的童岸缠着她要她帮忙找到一辆古董车的下落，他只知道第一任买家的姓名。颜艺费了半天劲，才在网络的汪洋大海中找到这辆几经易手甚至改装过的跑车。后来与童岸失联，颜艺使出浑身解数，不惜冒着被英国情报机构发现的风险，只为了找到童岸的下落。

当她坐在颜朗的电脑前，看着屏幕上输入系统密码的提示时，颜艺心里有一丝荒凉，任何密码都可以破解，但人心是最难破解的。

她的手指在键盘上蹁跹，脑子里刻意提醒自己要保持注意力，不要留下任何操作的痕迹。在破解密码的最后一位前，她不是没有想过停手。

她害怕自己不管不顾地想要寻找的真相，可当真相真的被她挖了出来时，鲜血淋淋，面目全非。

她颤抖着敲下最后一个数字，电脑屏幕在冰冷的蓝色中迅速转换，她终于进入了想进的系统界面，可是心情却沉重得像是暴风雨即将到来前的天气。

潘悦安拿着颜艺给他的一摞厚厚的文件走了，剩下颜艺和他留下的笔记本在一起。颜艺看着桌上冷掉的食物，潘悦安一口未动，只是一杯又一杯地喝茶，仿佛只有这样，才能浇熄心中的怒火。

颜艺没有多劝他，家里发生了这样难堪的事，外人没法帮他排解情绪，潘悦安来找她之前，估计也是做了很长时间的挣扎。依他的家世，和他父亲的位置，这件事找谁都有很大的风险，唯独找颜艺，还能保有两分脸面。

潘悦安没有多待，他把电脑留给她后就离开了。午后的阳光打在颜艺沉郁的脸上，她四下看看，已经过了午间最热闹的时候，店里三三两两地坐着几个散客，没人注意她，颜艺又装作无意地抬头看看摄像头的位置，她坐的地方是个死角，很隐蔽。

颜艺打开电脑，迅速调出刚才那张香艳的图片，潘悦安给她看时，她惊讶之下没敢看清楚，总觉得那个女人眼熟得很。她再次打开图片，仔细端详，才发现里面的女子果然是故人。

那个和现任津洲市高院检察长厮缠的中年女子，是陈宝珠，当今的华荣地产的一把手，也是肖潇的母亲。她再查下去，潘悦安的父亲潘启文，曾是七年前华荣集团童志国杀二奶案的主要负责人，时任津洲高检公诉一处处长。

颜艺合上笔记本，才惊觉额上、背上已逼出了薄薄的汗，一颗心仿佛激烈挣扎扑腾过，慌乱的感觉顺着神经传达到指尖，连握在手里的茶杯上，也印上了模糊的掌纹。

她提着笔记本电脑上楼，看见小项、汪妍还有几个员工正凑在一台电脑前叽叽喳喳地说着什么，颜艺不作声地走过去，站在他们身后看，原来是某个平台的用户正在用手机直播，市里一个老旧的小区里有一个男的正要跳楼，楼下乌压压地站了一群人，都举着手机在拍。

颜艺觉得无聊，刚想走开，镜头突然抓拍到了一个哭得撕心裂肺的中年大妈。颜艺心里一惊，这张哭得扭曲的脸她认得，正是她和颜朗的姑妈。

跳楼的难道是表哥？

颜艺拨拉开挤在电脑前的员工，不顾众人的诧异，在键盘上一阵敲击，切换到离跳楼男人更近的镜头，果然是他，他情绪激动地挥舞着手臂：“我要见我未婚妻，不然我就要跳下去了！”

姑妈哭瘫在地，拍着大腿喊：“儿啊，你那个没良心的媳妇，你还要她干吗？咱家房也买了，她让有钱的男人几句话就拐跑了，你何苦搭上自己的一条命呢？妈就你一个儿子，你死了，妈也活不成了！”

远处有消防车的鸣笛声，小区道路狭窄，消防车一时进不来，消防员们只好拿了气垫往里面跑，正在这时，颜艺听画面上有人在起哄：“跳啊。赶紧跳啊，未婚妻让人撬了，当了绿帽子王八，不跳不是男人！”

她心里叫了一声“不好”，果然，刺激之下表哥直直地从四楼的窗户上坠了下来，颜艺吓得捂住眼睛，等她再睁开眼睛时，画面上一片混乱。

颜艺擦了把冷汗，几个员工见她脸色苍白，刚想说些什么，她喘着气冷脸说：“都闲得难受是吗？这么多的数据放着不处理，围在这儿看直播，像什么样子！今天谁都别想提前走，什么时候数据更新完再下班！”

小项和汪妍他们讪讪地退开，颜艺边往自己办公室走边打电话：“喂，王总吗，我是颜艺，有个事麻烦您，你们网站刚才直播的化工小区跳楼的那些ID，看在我的面子上暂时封一下，还有，相关的视频最好也不要出现，”对方说了些什么，她把手机换个耳朵，“不想帮忙也可以啊，你们网站那些涉黄内容，随便找个后台bug就能自动发送到网信办，到时候的损失您自己掂量吧。”

手机那边王总立刻连连答应，颜艺推开门，端起桌上的茶杯，咕咚咕咚地灌了一大杯水下去，还是觉得焦躁，她打开窗户，吹了一阵风，发热的头脑才渐渐冷静下来。

她越想越觉得事情没有这么简单，窝在真皮办公椅里仔细琢磨了半天，颜艺决定给颜朗发两张微信图片过去。

她打开网页，果然，王总还是识时务的，那些触目惊心的视频明面上一个也找不到了，颜艺在后台搜了搜，截了一张姑妈的图片，以及一张表哥骑坐在窗户上的照片，发给颜朗。

半个小时后，颜朗回复她：“罪有应得，不是吗？”

“他们只是贪心，为什么要把他们逼上绝路？”

“绝路不是我造成的，人心不足蛇吞象，因果报应而已，我也没做什么过分的事。”

“你敢保证表哥被未婚妻甩了这事，你没在中间捣鬼？”

颜朗发了一个“无奈”的表情：“我把咱们名下的房子给了姑妈，还给她未来的儿媳妇联系业务，多好的事，我这也算以德报怨了吧，谁想到她儿媳妇看我朋友有钱，勾搭我朋友，朋友老婆闹到我这儿来，我还有理说不清了呢！”

“你放屁！”颜艺终于忍不住骂了出来，“你那点儿心思糊弄别人也就算了，我还不知道哥哥你！有仇必报是你一贯的风格，你要是会放过姑妈一家，猪都能飞上天！”

颜朗有几分钟没发信息，再回过来，却是少有的冷漠：“我警告你颜艺，别坏了我的好事，你可以既往不咎，可我不乐意。我劝你少管她家的事，不过我想你也做不到。我就是提醒你，别认错了亲戚！”

颜艺气得不知该说什么，颜朗又一条信息进来了：“有时间替我去姑妈那儿问候一下，她儿子要是死了呢，替我给她买口棺材，安慰安慰，要是没死呢，我还要继续玩儿呢！”

颜艺看完，气得手直哆嗦，恨恨地把手机扔在了办公桌上。